岩 波 文 庫

31-216-1

鹿 児 島 戦 争 記

——実録 西南戦争——

篠 田 仙 果 作
松 本 常 彦 校注

岩 波 書 店

凡例

一、本書は、『明治実録集』(「新 日本古典文学大系 明治編」第13巻、岩波書店、二〇〇七年)収録の、松本常彦校注「鹿児島戦争記」に基づき、適宜整理を加え、新たな解説を付して文庫版とするものである。底本には、早稲田大学蔵本『鹿児島戦争記』(篠田仙果編・小林清親画、当世堂)初編(明治十年三月三日御届)〜十二編(同十月十一日御届)を用いた。なお、本文庫版では、各編の表紙・見返し部分は省略し、版本の一部を図版として収めた。

二、文庫化にあたりサブタイトルを新たに付した。

三、注は、短いものは割注〔 〕で示し、それ以外は巻末にまとめた。

四、読みやすさのため以下の処理を行なった。

・旧仮名遣いは、現代仮名遣いに改める。

・常用漢字表にある漢字は原則としてその字体を用い、変体仮名は現在通行の字体に改める。

・反復記号〱、〲は該当語に書き換え、「ゝ」は「々」に置き換える。
・代名詞や接続詞を、一定の範囲で平仮名に改める。(例＝此、之、是、其、夫、若、且、又、亦、扨、偖など)
・接尾語を文脈に応じて平仮名に改める。(例＝等、共など)

五、校注者の判断により適宜、句読点を付した。また、概数を示す時は、二、三のように読点を付した。

六、底本にある振り仮名は適宜整理し、難読の漢字には校注者が新たに振り仮名を加えた。人名・地名は現在通行の読みに改めた。

七、本文や注内の引用文中の明らかな誤記・誤植・脱字と思われる箇所については、適宜正した。

八、本文や注内の引用文中には、現代においては、差別的な表現とみなされる語句や文章が用いられている箇所があるが、テキストの歴史性に鑑みそのままとした。

目　次

凡　例
各編梗概
地　図

鹿児島戦争記……………………………………………………一

注………………………………………………………………八七
主要人名一覧……………………………………………………一一三
[解説] 鹿児島実録と篠田仙果のことども…………松本常彦……一三七

各編梗概

*当時の新聞を典拠とするため、西南戦争の史実とは必ずしも合致しない。紙幅が限られるため省略した内容や挿話も多い。

明治十年二月一日、私学校党が鹿児島の陸海軍施設を襲撃。政府は部隊や艦船を派遣する。近県では鹿児島加担の動きがあり、私学校党は真宗僧の襲撃に行く。（初編）

私学校党は、真宗僧や帰県警察官を拘引し弾薬も製造する。太平丸や電報は現地の状況を伝え、政府側は行在所布告を出し太政官代を設ける。薩軍が出陣する。（二編）

二月十八日、薩軍が部隊を編成し出陣する。政府側も総督有栖川宮(ありすがわのみや)はじめ軍人や部隊や艦船を派遣する。薩軍支援者の捕縛が続く。熊本城下で両軍の戦闘が始まる。（三編）

薩軍将校の官位剝奪と逆徒捕縛の布告が出る。海軍は天草(あまくさ)近海で輸送船を捕縛し、清輝艦の部隊は上陸を試みる。篠原国幹(しのはらくにもと)が奮戦する。八代(やつしろ)の状況報告がある。（四編）

薩軍一味の大坂での暗躍。熊本城下で篠原や西郷小平(こへい)が奮戦し、官軍は砲弾や地雷で応酬する。官軍も続々と部隊を派遣。桐野利秋(きりのとしあき)の部隊が植木(うえき)で戦闘を開始する。（五編）

熊本城内の戦闘。城下から向坂、田原坂、南関、山鹿、高瀬に戦域が広がる。山鹿や高瀬は激戦となる。有栖川宮が福岡に入城し、野津少将が聯隊旗を奪還する。（六編）

二月二十八日、高瀬で村田三介（新八）が戦死。三月二日、山鹿、南関、吉次峠、川尻で戦闘。篠原が戦死。十三日、田原坂で両軍の抜刀隊が応酬。十六日、山鹿戦闘。（七編）

山鹿で貴島清部隊が夜襲。四月十六日、山鹿の車坂で戦闘。十七日、大山綱良の官位を剝奪。十九日、官軍が洲口村に上陸。四月下旬、熊本県北各地で戦闘がある。（八編）

三月三十一日、大分県中津で増田宋太郎が決起、福岡で越智彦四郎などが決起。四月八日、熊本籠城軍が突出。八代方面の高島少将の奮戦。植木の官軍の戦況が好転。（九編）

薩軍の兵士徴募があり、四月七日、球磨川で戦闘がある。自決した田畑常秋に代わり桂四郎が県令になる。吉次峠で江田少佐の近衛兵が奮戦。山田少将が川尻や御船を進撃し、山川中佐の官軍部隊が熊本城に入城する。五月上旬、鹿児島城下で戦闘。（十編）

鹿児島城下で戦闘。五月十二日、薩軍が大分県重岡を夜襲。熊本県の水俣や五木村方面で戦闘。人吉城が落城。葦北、臼杵、大口の戦闘。薩軍による偽札製造。（十一編）

宮崎県山間部での戦闘。宮崎、高鍋、美々津、佐土原、延岡、熊田の戦闘。西郷と愛妾との哀話。薩軍は八月十八日に可愛岳を突破、九月一日、鹿児島城下に乱入する。九月二十四日、城山の岩崎谷で西郷をはじめ薩軍将校たちが最期を迎える。（十二編）

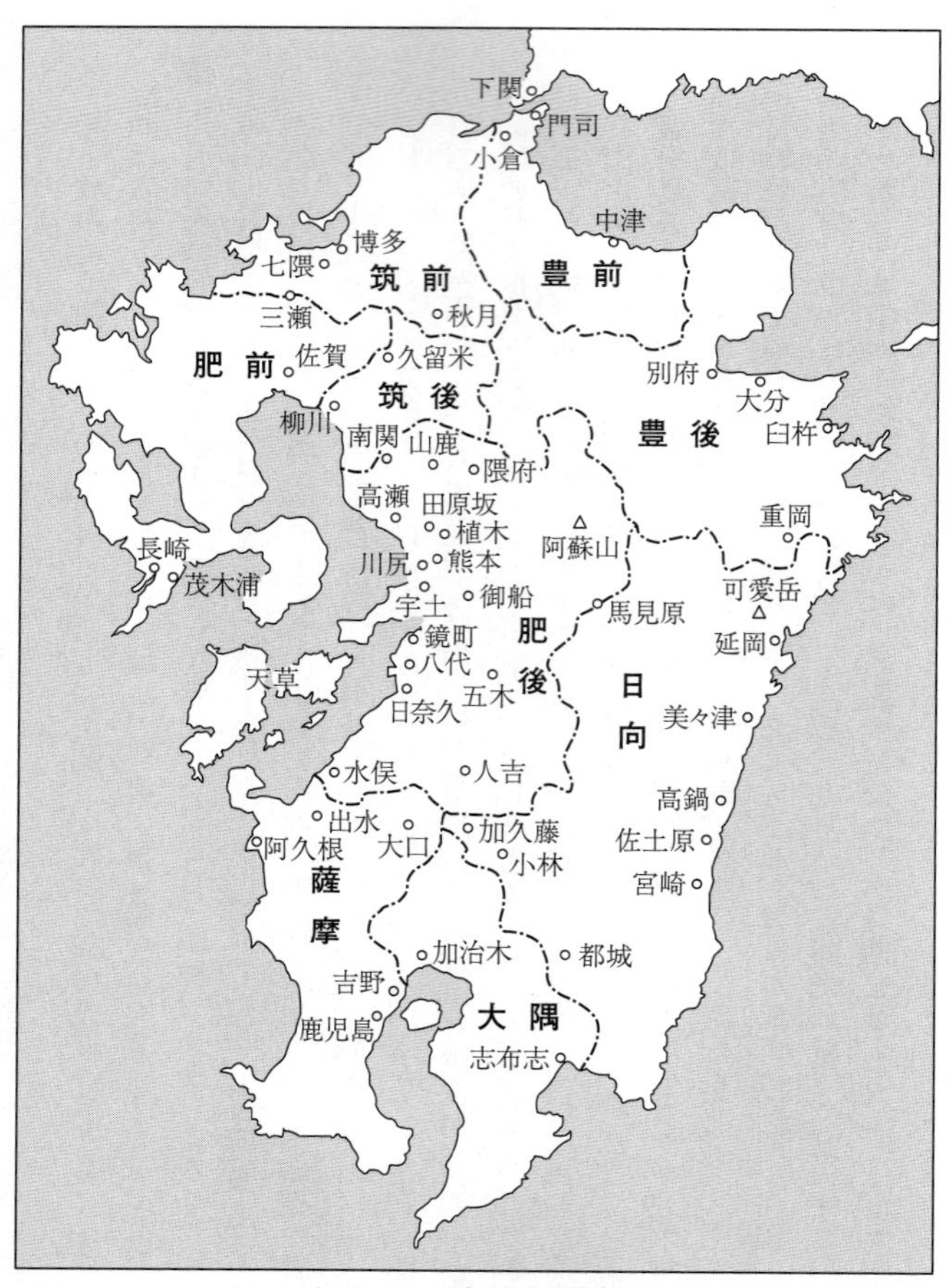
下関
門司
小倉
中津
博多
七隈
筑前
豊前
三瀬
秋月
肥前
佐賀
久留米
筑後
別府
大分
柳川
南関
山鹿
隈府
豊後
臼杵
高瀬
田原坂
植木
阿蘇山
重岡
長崎
茂木浦
川尻
熊本
宇土
御船
可愛岳
肥
馬見原
延岡
鏡町
八代
天草
後
日
向
日奈久
五木
美々津
水俣
人吉
高鍋
出水
大口
加久藤
阿久根
小林
佐土原
宮崎
薩
摩
加治木
都城
吉野
鹿児島
大隅
志布志

地図１　西南戦争関連図

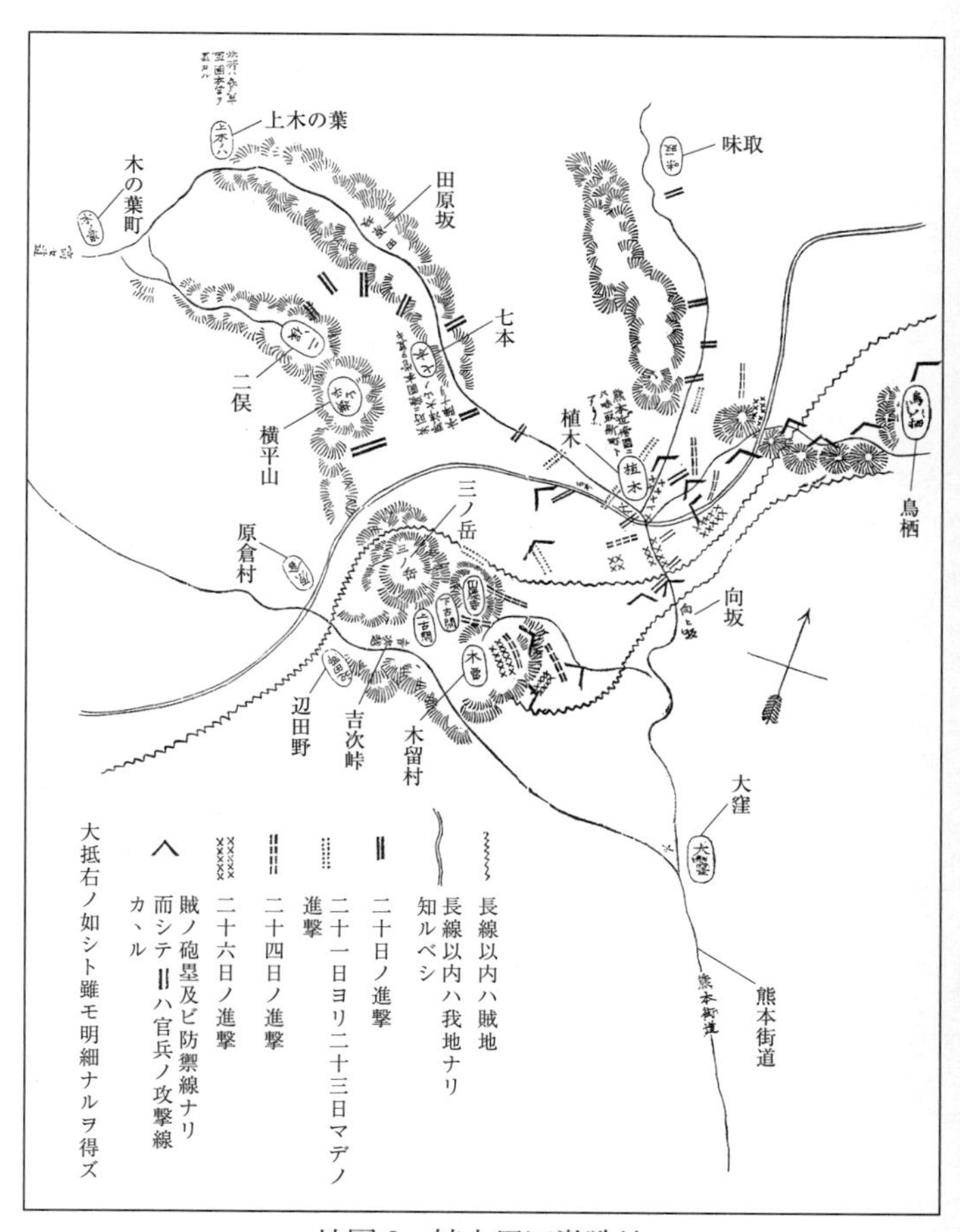

地図２　植木周辺激戦地
(『東京日日新聞』明治 10 年 4 月 10 日掲載の地図による)

鹿児島戦争記

（自　序）

春暖睡気を催すの夕部、つらつら往年を思い出れば、先師[1]柳亭種彦翁より笠亭の号を譲られ、聊か筆に耕して[2]稗官者流の員には入れど、[3]書籍さえ持ぬ水呑百姓、されば自己と〔自然に〕恥つつしみ筆を絶しを数られば、昨日今日とおもいしに、[4]十有余年の光陰を過たり。然るに近来寸暇を得たれば、拙にも筆を採り初しに、僥倖にも看客の愛顧を受し書もありとて、書籍問丸〔書物問屋〕の当世堂が需めに応じて鹿児島事件を著したれど、一昼夜の間に成れば校正届かず。[5]訛伝謬説排纂麁漏幾干もあるべければ、諸君叱言を仁恕あれと而云

明治十年三月

笠亭主人　篠田仙果

初編

水火は片時も欠べからず。もし欠るときは森羅万象生育をなすことあたわず。文武兼備の猛雄は[1]順すれば〔理に従えば〕勲閥多なれど、反すれば害また深し。謹まずんばあるべからず。時に[2]明治十年一月下旬、鹿児島県下に暴徒起れり。その原因をたずぬるに一朝一夕のことに非ず。

ここに前陸軍大将西郷隆盛は薩州の人にして、始の名を吉之介といい別号を南州〔南洲〕とよぶ。その才尋常ならざれば維新の際、四方に走てしばしば功を顕わせしかば、朝廷特別に賞せられ、[3]位は正三位に叙し賞典禄二千石賜り。その威権莫大なりしが、心にそまぬことありとて職を辞し国に戻り、年々賜る二千石の金円にて[4]私学校を立、青年輩を生徒となせど、深く計れる事あれば文学をすすめずして、ある時は馬に乗らせ、また剣撃の術を学ばせ、砲術をも修行させせつ。元より軽忽の鹿児島人ら、面白き事に心得、力業に日をくらし、粗暴の所業しばしばありぬ。また西郷隆盛は、或時は[5]鍬をかたげ田野に出て耕し草きり、または浜辺に釣などして、功なり名遂て身退くを口実として逸〔隠逸〕を楽しみ、詩を吟じ歌を詠じ世を捨しさまなるを、心ある人々は眉をひそめていぶかりしとぞ。

　さても私学校の生徒らが所業にふしんの廉あるよし、その筋へ報ぜしかば、鹿児島県下に設置られし[6]陸軍省造船所にたくわえし弾薬をのこらず他所へ引移さんと陸軍士官に命を下し、[7]三菱の郵便汽船[8]赤竜丸に乗り組せ出帆され、去る一月三十日、同港へ着せしかば、三十一日早天より、おおくの人歩〔人夫〕に差図なし、鹿児島港の浦つづき[9]磯の町なる陸軍省造船所の庫をひらき、弾薬およそ二千匣、馬車にて運送なし、赤竜丸へつみ込みけり。しかるに生徒ら、これを見るより、その夜数名集会なし、「磯の町の弾薬を積出すはこころえず。翌日しかじかの手立をもって、のこらずこれをうばうべし」とその手くばりなしけるを、露いささかも知らざれば、[10]翌二月一日も、残りし弾薬千五百匣、[11]イサゴ村まではこびしおりしも、先の程より待もうけし生徒大略四、五十人、大手をひろげ遮り止め、大おん〔大音〕をふり立て、「これなる弾薬何処へはこぶや。速かに我らが申方へ戻すべし。さあらば人歩馬士どもへは酒のみ代を過分にあたえん。こばまば、ために宜かるまじ。如何に如何に」。肱を張り眼を怒らしてせり詰る生徒が暴勢一ト方ならねば、馬士人足らはおののき懼れ、弾薬うち捨、逃うせれば、生徒らは目と目見合せ、イザ持ゆかんと、弾薬の匣を荷担、あるは引提、力自慢の壮年ども、下駄瓦落めかして、ことごとく暴にも奪い去りにける。赤竜丸にのり組し陸軍士官、これを聞、詮すべ〔なすべき方法〕もあらざれば鹿児島港を出帆なしぬ。

○さても生徒は、学校〔私学校〕へ再び集会なしつつも、「彼の赤竜丸引かえし今日の顚末政府へ告なば、そのつみを呵責のため官員を派出するか、但しは〔もしくは〕兵を向らるべし。さりながら、この国[12]はいずれも嶮岨にして人馬の通行思いもよらず。ただ阿久根[13]より長崎へ出る道のみ平坦なれど、これすら道巾狭ければ大砲運送なすことあたわじ。また軍艦にて攻るとも、鹿児島港の入口なる桜島[14]の瀬戸において敵船を砲発なさば、間いと近きにより百発百中うたがいなし。また港内に入るにもせよ、祇園洲[15]の暗礁あり、砲台[16]は透間なき程に並列なせば、八方より挟み討になす時は袋の鼠をうつがごと

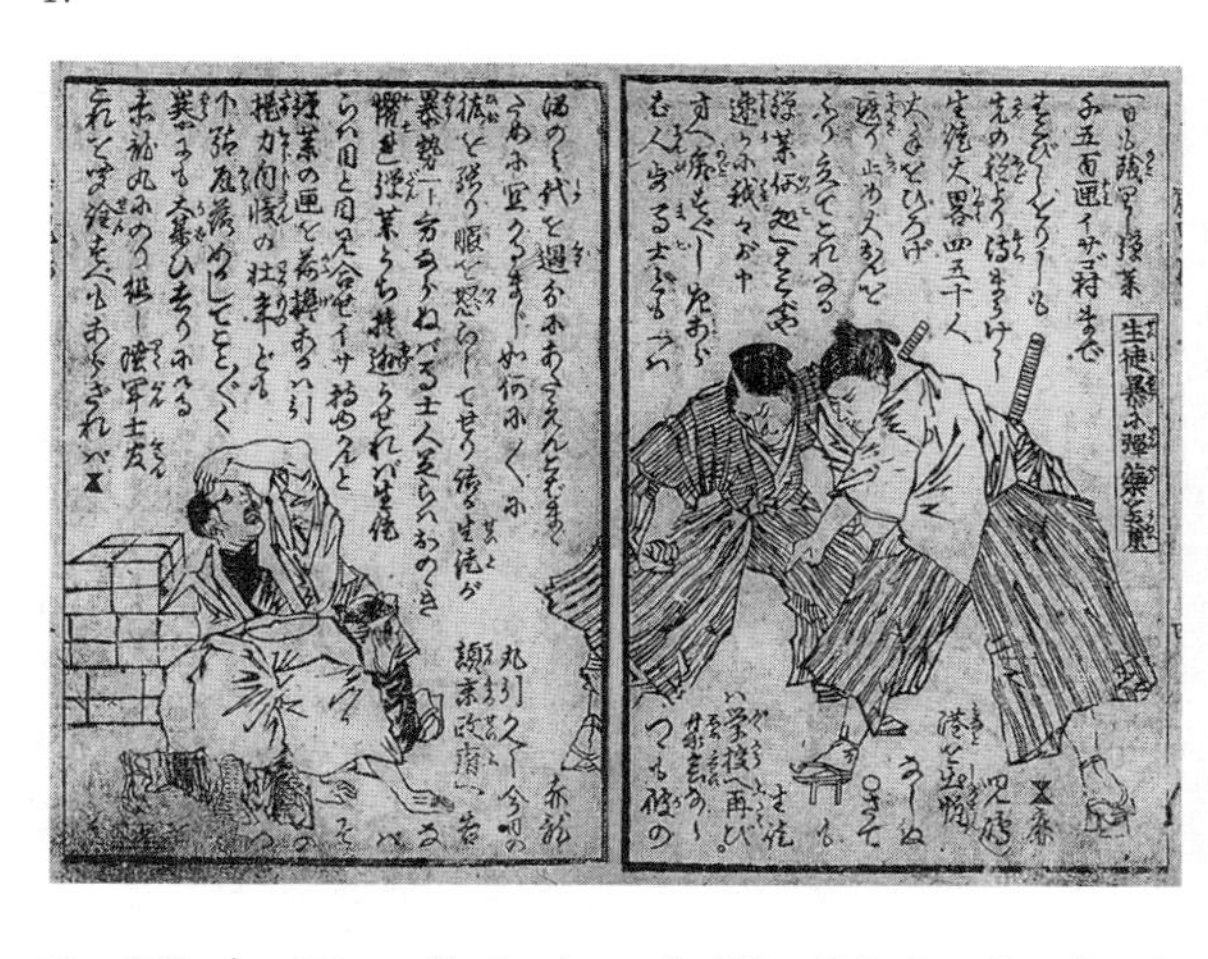

し。豊太閤秀吉[17]すら我国は討事(うつこと)あたわず。また海軍に有名なる英国(いぎりす)[18]の軍艦も一砲に破れたれば、何恐るる事のあらん。ただ十分に弾薬をたくわうるにしく事なし。依(よっ)て今宵速(すみやか)に磯町[19]なる製造所へ押かけ弾薬を奪うべし。はやとくとく」と催(うなが)せば、「畏(かしこ)まりぬ」と生徒ども、二タ手にわかれ、磯町[20]なる海軍省造船所、一ト手は砲兵属廠(しょくしょう)[21]に乱入し、エンヒール銃(づつ)[22]、スナイドル銃[23]数十挺ならびに弾薬数十斤〔一斤約六〇〇グラム〕うばいとり、手はじめよしと大いに悦び、翌日、同志の者どもかたへ廻文(かいぶん)〔募兵の廻覧状〕をさしいだし人数を多く集めけり。同県には常備兵[24]あり。各(おのおの)隊を

異にせり。島津氏の直隊(たい)を錦虎(きんこ)隊とて三千人、桐野利秋(きりのとしあき)の組三千人これを狙撃隊とよび、西郷隆盛の組を玄牛(げんぎゅう)隊とて一万五千人。いずれも血気の者どもにて、旧幕頃、世にいわゆる[25]兵子組(へこぐみ)と呼(よび)し者ゆえ、ものの哀(あわれ)はいささかしらず、死するを物の数ともせぬ猛者(もさ)のみぞ多かりける。

○私学校生徒どもが暴なる事ども電報[26]にてその筋へ通ぜしかば、鹿児島近県非常の備えに、仁礼(にれ)〔景範〕陸軍大佐は、[27]孟春(もうしゅん)艦、[28]鳳翔(ほうしょう)艦を指揮ありて出帆いたされ、また綿貫(わたぬき)〔吉直〕少警視(けいじ)、神足(こうたり)〔勘十郎〕一等大警部、川畑(かわばた)〔種長〕大警部らは巡査七百五十人を率い、石[29]川〔石井〕中警視、品川〔弥二郎〕内務大書記官など、三菱の[30]金川丸へ乗組(のりくみ)出発せられ、大久保〔利通〕内務卿、中島〔信行〕議官〔元老院議官〕、柳原(やなぎはら)〔前光〕議官、鳥尾〔小弥太〕陸軍中将、大山〔巌〕陸軍少将ならびに兵隊若干(そこばく)とも[31]玄武(げんぶ)丸にて出発あり。後藤〔象二郎〕、板垣〔退助〕、大江〔卓〕の三氏ならびに旧熊本藩知事細川護久(もりひさ)君、土州の旧知事山内〔豊範〕君などは旧藩士族鎮撫(ちんぶ)として出船せられ、[32]近衛兵、[33]鎮台予備兵、同[34]歩兵、砲兵とも数大隊くり出しになりぬ。○再び説(とく)、生徒どもは八方へ手分をなし、陸(おか)は嶮岨(けんそ)要害(ようがい)の地を厳重に固めを付(つけ)、[35]熊本、福岡県下のものは国に入るを許(ゆるす)といえども、他県の者は通行させず。また海岸には台場の外に胸壁(たまよけ)を所々に築立(つきたて)、専(もっぱ)ら戦いの準備(ようい)をなすにぞ。林〔友幸〕内務少輔は大分県巡徊中、右風聞をきくと等しく説諭のため鹿児島に到(いた)られ、河村〔川村純義〕海軍大輔[36]も汽船[37]高雄(たかお)丸に乗組、神戸を出帆し鹿児島に到られて、林氏ともどもに生徒を説得せんとせしに、生徒は用ゆる気色もなく暴論を主張なし、すべよくば高雄丸を奪うべきさまなれば、河村、林両君は早くも察しられ、鹿児島県令大山〔綱良〕氏とも協議のうえ、彼(かの)港を出帆せられ、[38]備後(びんご)尾(お)の道(みち)より右のあらまし電報にて通じたり。

○つらつら西国各県下の士族の風を考(かんがう)るに、文明開化の何ものたるを知らざる者多きに似たり。されば、ややともすれば暴徒あり。既に鹿児島生徒らが暴なる所業を聞(きく)よりも、[39]熊本士族の内、百四、五十人申合せ、同所[40]花岡山へ屯集(とんしゅう)し、また[41]甘木(あまぎ)町などにも蟻集(ぎしゅう)なす者あり。[42]日向(ひゅうが)の国宮崎の士族は、弾薬、小銃(こづつ)を鹿児島へ送り、柳川、佐賀、久留米の士族もかたん〔加担〕すべきもようあり。延岡(のべおか)、佐土原(さどわら)、高鍋(たかなべ)、[43]高遠(たかとお)四ヶ所の不平士族を率し、旧佐土原知事の三男[44]田村〔町田〕啓次郎といえる壮年(わかもの)、鹿児島に一味なしぬ。これにより生徒らは勢い益々さかんとなり、[45]磯町なる滝の上といえる地にある弾薬製造所にて、元込〔後装銃〕の弾丸(たま)日々三千発製(つく)る所の器械あれば、工歩(こうふ)〔工夫〕を雇いこれを製しぬ。時に暴徒ら罵(ののし)りけるは、「往古(むかし)、豊臣秀吉は当国の地の理を知らんと顕(けん)如(にょ)上人を間者(かんじゃ)〔イスパイ〕とせり。これにより真[46]宗一派は国内に入(いれ)ざりしを、廃藩以来、真[47]宗の坊主らが乱りに国に入りぬ。これ全く間諜者(かんじゃ)〔間諜者〕ならん。生捕(いけどれ)やつ」というままに、むらむらと押出(おしいだ)しぬ。

二編

頑愚(がんぐ)未開の人をさとすに各国ともに教(おしえ)あり。神儒仏また天主教〔基督教〕など教えを異(こと)になすといえども、善を勧め悪を懲(こら)し修身斉家(しゅうしんせいか)の一筋のみただし。その教えにかたより、他をかえりみざる時は害もまたいと深し。すでに文明開化の国にも、宗教より事起り数年激戦なせし事、かぞえあぐるに遑(いとま)あらず。さても鹿児島学校生徒は、いにしえ豊臣秀吉が薩摩征伐せしおりに、本願寺顕如(けんにょ)師を間諜(かんじゃ)者となせしと聞居(ききお)る事ゆえ、かの宗旨の法師を見れば蛇蝎(じゃかつ)のごとく疎(うと)み罵(ののし)り、昨明治九年にも真宗東派別院へ暴徒[1]およそ六、七十名、土足にておしのぼり、「イカニ坊主ら承給(うけたま)われ。神の御国の日本に生れ、印度の教え〔仏教〕を弘(ひろ)めんとて、ヤレ地獄の極楽のと口から出まかせ虚言をはき、愚民どもをたぶらかす、その罪尤(もっと)も軽からず。神の御罰(ばつ)に汝(なんじ)らを一刀のもとに伐せん。

もし命おしと思わば、この国をすみやかに退さんいたせ」と暴言し恐猲〔恐喝〕まわりし事もあり。また辻之堂〔辻の仏堂〕などへ、旧恩を亡却〔忘却〕し一向宗〔真宗〕を信ずる者は天誅に行うべしと筆太に認めし張札[2]をせし者あり。されば初編に記せしごとく、生徒ども数十人、鹿児島県下へ布教のため出張ありし真宗の大洲鉄然教正〔教導職〕[3]が説教場に乱れ入、説教聴聞に参詣せし者どもを左右に蹴返し、鉄然師のえりがみつかみ、手どり足取、学校へ連行しが、なお所々をさぐり求め十三人の法師達をみな学校へつれ行ける。

この法師達の事は暴徒出陣の段にいうべし

○さても暴徒らは先達奪いとりし磯町の海軍省造船所ならびに砲兵属廠とも、鹿児島士族管轄所と墨くろぐろと認めし標札をかけ改め、工職を多くやとい、大砲小銃弾薬とも昼夜製造させにけり。

○内務少丞〔六等官〕木梨精一郎君は、先頃琉球へ派出あり。彼地の用も相済ければ帰京せんと、二月八日、三ツ菱[4]の郵便汽船太平丸[5]に乗組れ、琉球港〔那覇港〕を出帆なし。同日、鹿児島港内へ錨を投せし間もあらず、陸の方なにとなく物騒しさに船中の人々もいぶかしく思う折しも、鉢巻襷もいと猛めしく出扮し士族体の壮者ども、得物〔武器〕

引提、殺気をふくみ、およそ二百七、八十人、丸木船[6]、早船[7]などにて飛がごとくにこぎよせこぎよせ、階子をよじて太平丸の甲板上に突立あがり、身がまえなし、八方へまなこをくばり、ややあって、かお見合せ手持無沙汰の有様なり。船長[8]広瀬某はじめ人々もあっけにとられ、「コハそも如何なる曲事〔違法行為〕ぞ」と詞を出す者もなし。暴徒の内に壱両人を見知りたる者あれば、木梨君声をかけ、その子細をたずねければ、「さればこの度斯々の事件起りしその処へ、この船入港いたしたれば、政府より討手の船と心得て奪わんため乗込んだる次第なり。されど

〔されば が正〕この船出港は決して成申すまじ」と、番兵として二十人ほど残して跡は漕戻りぬ。その後暴徒の方よりして、太平丸雇い[9]船長英国人何某に、上陸あれよと申越しを怪ぶみつつ到ければ、桐野、篠原〔国幹〕、その余の暴徒ら対面の上、最懇切に饗応をなしけるとぞ。十六日、県令大山氏よりして政府への届出を木梨君に托しければ、漸にして十八日、鹿児島港を出帆なし、無事に神戸へ着港せしかば、右のことども上申せりとぞ。○されば長崎始として各県より発する電報、日々千に越せしとなん。しかし何れも合号〔暗号〕ゆえ、一切他にもるる事なし。かつ私報は禁じられたり。一説に[10]東京愛宕下に寄留せし鹿児島県士族何某、密に政府の形勢を探り、闇号にて西郷方へ日々電報なしけるが露顕して捕縛されしと。○暴徒が猛勢日々増加し、末はいかなる大事件に成んも計りがたければ、一時もはやく説諭なし、鎮撫の外、手だてなしと、同所裁判所より[11]権少警視山崎某、県庁よりも警部を差出し、暴徒らを説諭させんと私学校へ遣わせしを、嗚呼なる者が流言せしは、裁判所県庁より警視警部を派出なし、説諭を名として内実は西郷君の隙を伺い闇殺せん刺客なれば、計略の裏を計、生捕んという程に、元より猛れる生徒らが不意をうたんと待ともしらず、山崎某を先に立、警部四、五名すすみ来るを、相図や有けん、左右の蔭より吶と喚てうってかかり、悉く捕縛なし。かつ鹿児島士族にて他県へいでて警察官をつとめられし中原某〔尚雄〕外数名、帰県せしを、[12]彼らも必らず西郷氏の刺客に相違あるまじとて捕縛せしうえ、いと厳しく拷問に及びつつ枉て刺客の口書〔自白書〕をとり、西郷方へ差出し、しきりに人を煽動なしぬ。

○右の事件の電報数通その筋へ達せしかば、こはゆゆしき大事なり。まず近傍非常のため、綿貫少警視、巡査二百名率い長崎の固めとし、神足一等大警部は同く二百人にて熊本へ赴き、川畑大警部は百人にて佐賀へ、重信〔常憲〕権少警視は百人にて福岡へ出張し、外百五十人増員し、尤も警部はピストル一挺ずつ、巡査はスナイドル銃一挺ずつ準備いたし、石川〔石井〕中警部〔権中警視〕、品川内務大書記官など、三菱の金川丸へ乗込み、各地出張致されけり。さて日は不判然ならねども、暴徒ら不意に県庁へ乱入し、官員数名に手を負し、県庁を乗取て官金三十万円奪いしといえり。されども、[13]行在所達し第五号の御布告に、県庁襲撃官金掠奪の件、記載なければ恐らくは虚説ならん。また一説に、鹿児島県庁は焼失し、他県より鹿児島県庁へ在勤せし官員は暴徒ら幽閉せしといえり。〇されば野津(のづ)〔道貫〕陸軍中佐〔大佐が正〕は、遠藤〔政敏〕中尉と共に去る十日出帆され、滋野(しげの)〔清彦〕陸軍中佐は、西京(さいきょう)〔京都〕へ出張あり。大久保内務卿は、十三日午後三時の汽車にて横浜に到られ、直(ただち)に玄武丸にて西京へ出帆せられ、中島議官、鳥尾陸軍中将、大山陸軍少将は、兵隊を率い玄武丸に乗組(のりくま)れ、土州の旧知事(もとちじ)山内君、熊本旧知事細川君とも士族動揺致さざるよう旧領知に到られ、後藤、板垣、大江の三君も出発になり。司法大輔兼陸軍少将山田〔顕義〕君、海軍大佐林〔清康〕君は、神戸へ向(むけ)て出帆したり。

〇謹(かし)こくも聖上(せいじょう)〔天皇〕は、西京へ御駐輦(ちゅうれん)〔御滞在〕に相成(あいなり)、今般鹿児島事件に関係せし事どもは行在所より御布告に相成(あいなる)に付(つき)、御所の内[14]宮内省中に[15]太政官代を設置になり、去一月廿八日より議事御ひらきに相成(あいなり)、三条〔実美〕太政大臣〇木戸〔孝允〕内閣顧問〇大久保内務卿〇山県(やまがた)〔有朋〕陸軍卿〇伊藤〔博文〕工部卿〇鳥尾陸軍中将〇川村海軍大輔及び議官方、ならびに太政官の書記官方、日々御出席になりぬ。

〇暴徒はかねて交りを四方に結び置しと見え、[16]羽州鶴(つる)が岡(おか)の旧参事(もとさんじ)〔県令の次位〕を勤めたる松平某〔親懐〕の方へ鹿児島県士族入込(いりこ)み集会なす事しばしばあり。熊本士族 [17]神風連(しんぷうれん)にて[18]昨年暴挙に関せざるもの、この度(たび)心を通ずるあり、同所県下花岡山へ士族多人数屯集し、甘木町へも屯集せりと。日向国宮崎士族は鹿児島士族へひそかに小銃弾薬を送り、久留米には鹿児島士族百余名入込みたり。柳川、佐賀の士族らも応援すべきもようあり。佐土原○延岡○高鍋○高遠、右四ケ所の不平士族を旧(もと)佐土原旧知事の三男田村〔町田〕啓次郎といえる壮年(わかもの)、引率してくり出せりとぞ。斯(かく)て暴徒は人数加わり勢い破竹のごとくなれば、兵粮(ひょうろう)弾薬いうも更なり、十分に準備(ようい)なし、出陣せんと手配りなし、三ッ手にわかれて押出しぬ。

三編

さても暴徒の巨魁たる西郷隆盛、桐野利秋、篠原国幹の三人は軍議評定一決し、明[1]治十年二月十八日、鹿児島県より押出しぬ。先陣は前陸軍少将篠原国幹にして、第二陣は惣大将西郷隆盛、ならびに村田新八、淵辺高照の両人は、この手にしたがい、かつ西郷の旗印は新政厚徳の四字筆太にしるしたるを押立、第三陣は旧参事をつとめたる池上四郎[2]と相定め、第四陣は前陸軍少将桐野利秋にして、第五陣は永山弥一〔弥一郎〕同じく九成〔休清〕の両人なり。また遊軍として島津某[3]後陣に備え、この外、大隊長[4]として西郷小平〇別府新助〔晋介〕〇同九郎〇逸見十郎太、浅井直之丞〔浅江直之進〕、河野四郎、市本〔坂元〕勘助、松永清之丞、高城十二〔七之丞〕、村田三助、弟子丸応助[5]〇山内半左衛門、肥後助右衛門、山口小左衛門〔孝右衛門〕、児玉八之丞〔八之進〕〇中島武彦〇伊東直二らにて惣

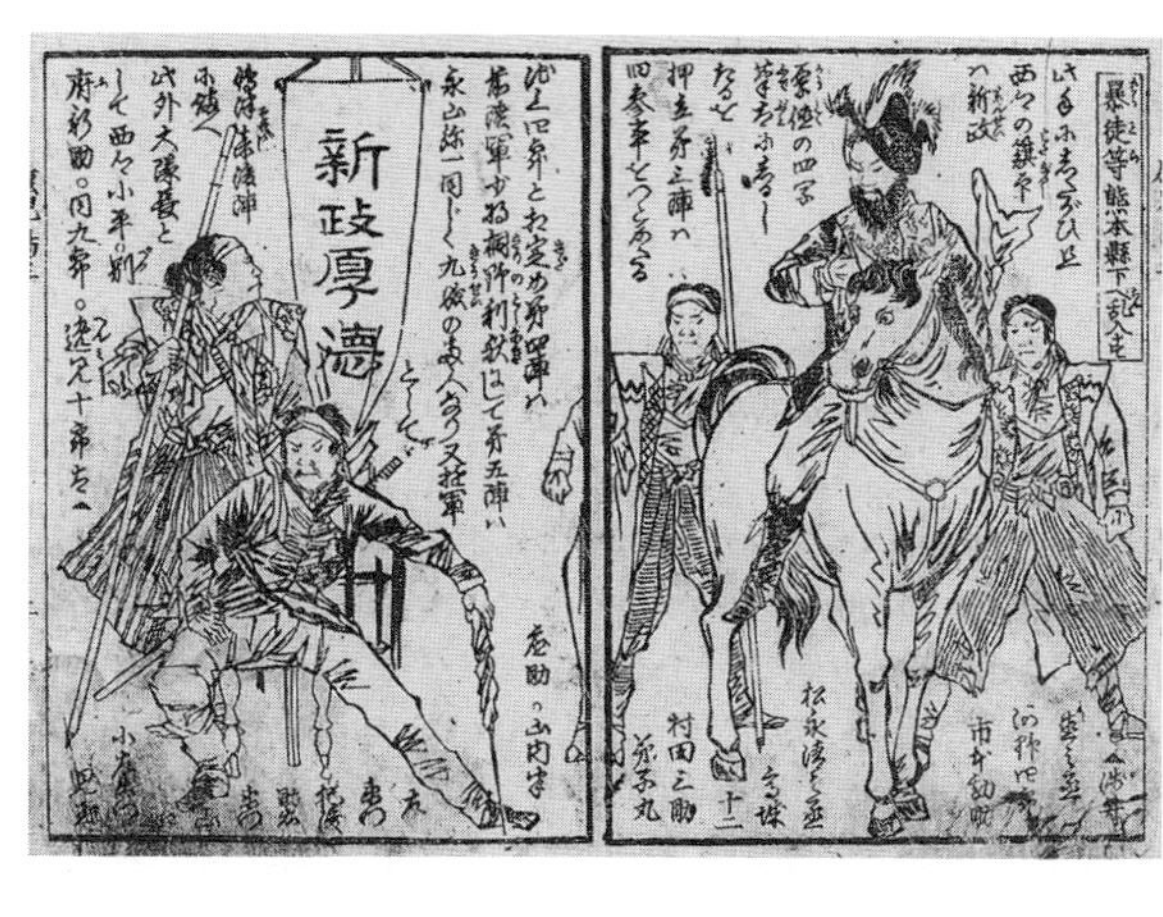

勢一万四千余人、二百人を一小隊として、また壮者（わかもの）六百人程残して鹿児島を守らせたり。さて士族弐十（にじゅう）人程を宿割先触（やどわりさきぶれ）〔宿泊の調達や案内〕の役として宿駅に出張させて人歩馬車を申つけ、西郷隆盛が宿へは青竹にて矢来（やらい）〔囲い〕をしつらい、鹿児島藩新政府大総督正三位陸軍大将西郷隆盛本陣と書る標札（たかふだ）をうたせ、その外の者の宿にも大佐少佐などという官名をみだりに付たる宿ふだを物々しく懸（かけ）げたり。さてまた二編のはじめに記せし、鹿児島県下へ諸宗の教師がその宗門をひろめんがため、各所へ説教場を設置（もうけ）、または在家〔在俗信者〕をうち廻り、尽力勉強なししかば、帰依する

もの日々に多きを心悪しとおもいし生徒ら、今度の暴挙をよき折ぞと、[6]東派真宗の教正大洲鉄然師をはじめ十三人の法師たちを学校へ引立ゆき、一間にうち込み番人を付置しが、十八日〔二月〕早天に法師達を庭に引出し、口々に罵りけるは、「イカニ各々聞候え。これに居る坊主どもは、口に殊しょう〔殊勝〕の義を称え、愚民を惑わし、たばかりて、金銭をかすめ奪、酒をのみ美女を愛し、豕牛鶏の差別なく美肉を喰うて倦事しらぬ[7]鮮嗅坊主のみなれば、此奴らの首うちおとし、軍神にこれを備え、血まつりを執行せん」。「いかにもこれはいち段ならん〔一段よい〕」と、かさね厚〔刀身の厚い〕なる新刀引抜、十三人の法師のくびをかた端よりうち落し、「御一同ごらん候え、血祭団子の大きさよ」と、吶とばかりにどよめきわらい、「イザ出陣仕まつらん」と得物携え出てゆく。

一説に、大洲鉄然師は今に存在せりと云り。

されば西郷隆盛は陸軍大将の官服をつけ、いと美々しく〔立派で美しく〕扮装て、手には指令のサフベル〔サーベル〕をもち、洋具〔洋式馬具〕をつけし馬にうち乗り、惣人数を繰出せしが、その指揮よく行わたり、隊伍正しく列を守り、肥後の国境より、[8]八代街道、[9]水腴〔水俣〕道と二タ手にわかれ、八代にて兵を一手となし、熊本県下へ乱入せり。

鹿児島県の暴徒出陣にのぞみ一封の書を出せり。その趣意は、今般、西郷、桐野、篠原の三氏、おそれ多くも出京の上、奏問なし奉るべき事あり、よって鹿児島を出発す、然る処、壮輩ども道路護衛として倶に出京す、といえる届けの文なりと。

○また一説に、暴徒二千人ほどずつ三方にわかれ、一隊は豊後路[10]、一隊は肥前天草[11]、また一隊は宮地[12]へ向けて繰出したりともいえり。

○暴徒ら多人数、兵器を携え熊本県下に押切て、通行せん事を県庁〔熊本県庁〕へ懸合しかば、決して通行相ならずと答しに、暴徒ら聞ずして、西郷氏は陸軍の大将なり、その大将の命によって銃器を携帯るに咎めらるる筈なしとこたえしよしなり。

さてまた鹿児島表〔方面〕へ、二品〔二位〕有栖川熾仁親王に柳原議官をそえられ、暴徒を説諭のため鹿児島表へさしつかわさるるとの義にて、汽船明治丸[13]に乗り組、軍艦一隻ならびに騎兵らを護衛となし、すでに彼の地へ出発あらせられんとせし処へ、二月十八日、熊本より電信にて、鹿児島の暴徒、水俣、人吉の両街道へ押出す形状あり。また宿わりとして、同県士族体の者、熊本県下へ相越候との急報ありければ、右よう〔そのように〕判然叛跡〔反乱のしるし〕ありては捨置がたしと御協議ありて、再たび有栖川熾仁親王へ暴徒征伐総督を命ぜられ、二月十九日、西京行在所より、鹿児島県下暴徒兵器を携え熊本県下へ乱入反跡顕然に付征伐仰せ出され、有栖川の宮へ征伐総督〔征討総督〕仰付られ候旨の御布告出、同じく廿六日、陸軍大将正三位西郷隆盛、陸軍少将正五位桐野利秋、陸軍少将正五位篠原国幹、官位褫奪の旨相達せられ、[14]臨時海軍事務所を神戸に置れ、また有栖川の宮へ参謀として野津〔鎮雄〕、三好〔重臣〕の両海軍〔陸軍が正〕少将を副られ、陸軍中将山県有朋君、海軍中将河村純義君は[15]参軍に任ぜられ、陸軍中将鳥尾小弥太君は行在所属の軍人取あつかいを命ぜられたり。

○ここに[16]鹿児島県士族中山中左衛門、頭取〔首領〕となり一味の者十四人かたらい、如何なる恨みのありつるか、または人に頼まれしや、昨明治九年の冬、大久保内務卿を闇殺せんと計りしが、その事露顕して捕縛せられ、当今懲役に処せられたり。また鹿児島の官員[17]中村兼知、竹迫弥市、彦根の人大東義徹、大海原尚義、外十四人、いずれも[18]警視庁三課へ拘引に成しが、今度の暴徒一味のよし。またこれも鹿児島士族[19]吉川次郎と云える者は、旧大久保内務卿へ勤め居りしが、身持あしく暇となりしが、その後、所々へ漂泊せしが、不審の廉あるにつき探索をとげし処、暴徒へ加担致し居るよし露けんに及び縛(ばく)につきたり。

かくて鹿児島暴徒どもは熊本城下へおしよせ来る。そのよし所々より報知あれば、城下の者ども速かに市外に立のき候ようと県庁より布達あるにぞ、兼(かね)てより風説はあり、人民各(おのおの)虚魯(きょろ)つきて、鉄砲玉の御馳走とは難義千万、それ逃出せというままに、若きは老(おい)を背に負えば、母は泣子(なくこ)を手をひきつつ、片手に提(さげ)るきれづつみ、包みかねたる皿さ鉢〔皿鉢〕、音も瓦(がら)落めく人力車、その混雑大かたならず。兎角(とかく)なす間に賊の先陣[20]篠原国幹一手の兵は城下間近く進み来り、[21]安政橋(あんせいばし)をうち渡り、[22]千反畑(せんだんばた)、[23]京町よりその勢を二タ手にわけ、一手は[24]本郷口に向わせ、一手は自ら指揮なして[25]坪井町へとおしかけたり。

○この段四編につづき早々出板仕(つかまつり)候。

四編

二月二十六日西京行在所より御達しに曰、陸軍大将正三位西郷隆盛、陸軍少将正五位桐野利秋、陸軍少将正五位篠原国幹、官位褫奪仰せ出され、また鹿児島県下逆徒征討おおせ出され候に付き、右逆徒自然各地方へ遁逃、或は潜匿も[1]致すべてもはかり候条、管内要衝の地方は勿論、出入船舶等取締相たて、厳密に捜索を遂、捕縛致すべくとの御達しに付、諸県下とも暴徒の探索いときびしく、肥前長崎より東南に当る[2]日見峠より南の海岸[3]茂木浦へ夜にまぎれて鹿児島人銃器携え上陸せしを十四人捕縛なし、また士族牟田鹿雄〔止戈雄〕らも縛せられしが、[4]この者どもの内には旧佐賀県の士族弐人、山形県士族壱人、滋賀県士族壱人、鹿児島の士族もありて、この輩らの内に檄文を所持せし者ありしよしなり。◯さて薩州鹿児島より各所に出る道はあれど、初編にも記

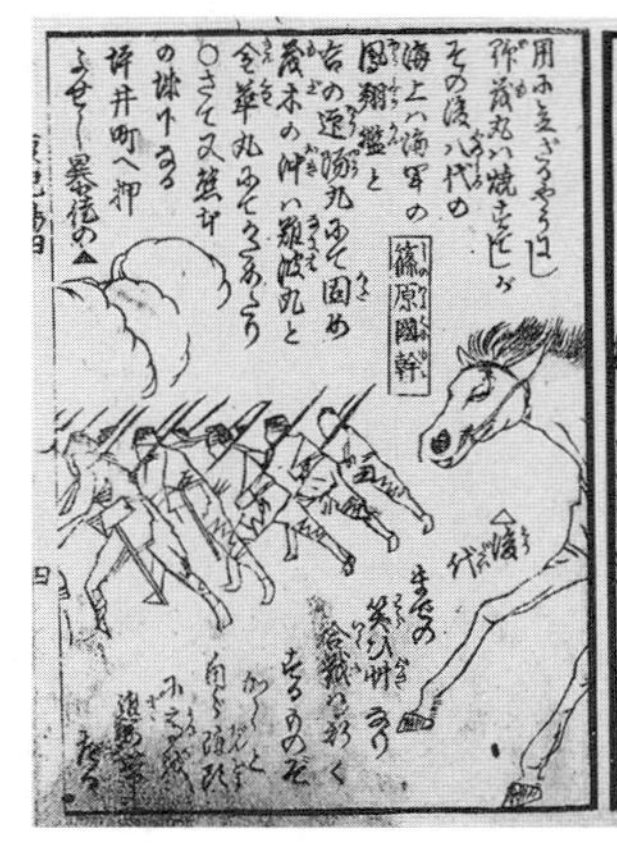

せし如く、嶮岨の地にて平坦ならねば馬くるま通じがたし。されば百事の運送は船にて便ずる事なれば、今度暴徒ら各県下へ[5]迎陽丸、舞鶴丸、野茂丸という三隻の汽船にてすべての物品を運送せり。なかんずく迎陽丸へは大炮十二門、弾薬兵粮若干をつみ込、鹿児島港を出帆し肥後のくに八代にいたり、大砲はじめ積し貨物はことごとく陸揚なし、なお兵粮運送のためいそぎ鹿児島にもどる海路、肥前の国天草の地かた〔陸地〕[6]日奈久岬へかかりしおりしも、かねて海軍省の[7]竜驤艦にてこの海上をかためたりしが、鹿児島の船と見うけしかば、錨をあげ車[8]を転

じ迎陽丸を追かけたり。然るに彼の迎陽丸の中には船士水夫のみなれば、これを防ぐてだてなく、終に竜驤艦に乗奪れぬ。海軍士官、勇みすすみ、残りし賊舟、舞鶴丸、野茂丸をも奪い取、舞鶴丸は運転の機械をはずし物の用に立ざるようにし、野茂丸は焼すてしが、その後、[9]八代の海上は海軍の鳳翔艦と右の迎陽丸にて固め、茂木の沖は[10]難波丸と[11]金華丸にてかためたり。

○さてまた、熊本の城下なる坪井町へ押よせし暴徒の先陣篠原国幹、大音に呼わりけるは、「味方の人々きき候え。敵は天下の兵なれば晴業の〔晴れがましい〕たたかいなり。われ今日先陣に撰まれしは武門の面目このうえなし。未練なるはたらきなさば後代までの笑い草なり。合戦は斯くするものぞかし」と、自ら陣頭に馬を進め、帯たる剣をひらめかし、いと激しく令を下せば、死するをものの数とせぬ鹿児島名代の青年輩、どっとばかりに攻かかる。その勢い破竹のごとく、ただひと揉とおしかかる。しかれども、まちかまえし熊本の鎮台兵は、勇猛の名を得たる谷〔干城〕少将の指揮にしたがい、参謀の樺山〔資紀〕中佐、児玉〔源太郎〕少将の人々、軍術名誉の将士なれば、いささか恐るる気色なく、兵を正奇〔正攻法と奇襲〕の二隊となし、正兵は真平地〔まっすぐ〕に暴徒が正めんより砲発し、奇兵は散兵となり〔散開し〕、四方八面にたち分れ横合より砲発す。さすがの篠原、兵をわけ、前後左右に向わしめ、互いに一歩も退ぞかず。激戦数刻におよぶといえども、勝敗いまだ決せざりしが、暴徒の方より四十人程大刀をひらめかし、飛来る弾丸をかいくぐり、鎮台兵の手もとにとび入、無二無三〔しゃにむに〕に薙立たり。熊本兵の後辺に備えし騎[12]兵隊は、これを見るより駈ちらさんと号令し、馬の鼻をならべつつ一ト鞍あおってのり出せば、暴徒は馬のあしを薙んと身をしずめて打てかかる。騎兵は馬を縦横無尽に乗廻し乗廻し追つ返しつ戦うたり。篠原国幹、気をいらち、伍長の振[13]旗左手に持、右手には剣を打ふり打ふり、正面の鎮台兵へサットばかりに乗こめば、これに気を得て暴徒ばらスナイドル銃を込かえ込かえ、しの原どのに後れじと平押に〔一気呵成に〕おしかかれば、熊本兵は退くともなく[14]高麗門まで来りけり。この所こそ大事なれと、筒先を網代に組み〔隙間なく並べ〕、高麗門を小楯にとり透間もなく激発なせば、勇みにいさみし鹿児島勢も進みがたく見えにけり。

　さて熊本の城といえるは小山〔茶臼山〕の上にある城なれば、敵を間ぢかく引寄おき、眼下に見下し時刻をはかり、かねてそなえし霰れ弾丸〔榴弾・榴散弾〕の大砲を打出したり。

弾丸は空中を轟きわたり、鹿児島兵の真正中へ地ひびきなして落下れば、弾丸はたちまち破裂なし、中なる小玉は八方へ螽のごとく飛ちるにぞ。これはと驚く時間もなく、続け発にうち出したれば、さすがの暴徒も辟易なし、手負死人も少なからねば、坪井町の入口まで兵を纏めて引揚たり。

○ここにまた長崎近海を固めたる清輝[15]艦に乗組し人々は、大隅[16]の形状を見んと、二月廿二日午後五時すぎ、小島より端舟を卸し、小笠原〔通恒〕中尉、坂本少将〔坂元俊一少尉〕、水兵十二名乗りうつり、ひそひそと船をよせ、闇きを幸い上陸し、浜辺づたいにあゆみしが、暴徒かたにも兼てよりその備えありしと見え、傍えなる小屋のうちにて呼子の笛の音と共に、此所彼処より暴徒ども数十人あらわれ出、われわれが張たる網へうかうか懸った間者ども、それ討取れというままに、十四人を追取巻、八方より討てかかるを、此方も今は一生懸命、前に当り後ろを防ぎ少時の間だ戦いしが、多勢に不勢〔無勢〕叶い難く、一方の活路をひらきて、小笠原中尉、水夫四人は辛らくも無事に清輝艦へ戻りけるが、坂本少尉は薄疵を負い、傍えの山へわけのぼり、山をつとうて逃れたれど、行方さらに相わからず。水夫八名も同じく行衛さだかならず。端舟は暴徒の為に奪い取られたりとなん。
○ここに肥後の国の八代は鹿児島よりの要路なれば、暴徒の来るは必定なりと、熊本鎮台谷陸軍少将より八代城内ならびに市中を焼はらえと指揮ありければ、十九日、必用の地を焼払いぬ。[17]さて八代は外国人の居留地なれば、一層警備を厳重になし、港は内外の軍艦にて固め、陸は陸軍の兵を配り、市中は東京より出張の巡査兵器を携え巡廻す。然るにはたして廿一日、暴徒押よせ来り戦端を開きたり。
○再び説、谷陸軍少将指揮せられ、熊本城の八ぽうへ地雷火を仕懸つつ敵のよせるを待かけたり。

五編

ここに下[1]の関へ出張に相成し林〔幸友〕検事の元よりして、暴徒の内、鹿児島県士族水戸幸吉、田中大助、熊本県士族佐藤元高の三人、先頃薩州を脱走し、所々方々を経めぐりて、当今、大坂近辺を徘徊いたす由なりと至急の飛報来りければ、浪花表の警察官吏は、右の三人いかなる所へ潜伏て居らんもはかりがたしと諸方を探索最中なるよし。然るに何者の仕業なるや。大坂の市中にて人通りもっとも多き○玉江橋[2]○京町橋○うつぼ○堂島万字が辻の四ヶ所へ左の張札を掲げたり。

今般貧民救助のため兵端を開けり〔戦開〕。随て諸税罪金等の律を廃す。よって今日より安堵して営業を守るべし。

但この布紙破捨する者は正に厳罰可申付也

第十年三月
新政大総督出張課
ト認めたり。[3]また神戸十番館に在留の外国人フテーヨン氏の所持の大砲五門と小銃七百挺と、三月五日、何者なるや姓名をかくし、極いそぎにて買取たしと条約せしむね届出たり。これらは、田中、水戸の輩が所為ならんかという説あり。東京にも二、三ヶ所へ張札をせしものありたり。

閑話休題て、篠原国幹旗下〔下部〕に属せし西郷[4]小平、中島武彦、六百人の暴徒を率し、坪井町[5]を横切て京町口大手通りへおし来れば、鎮台兵もくり出し、双方、小銃の筒先そろえ込代込代うち出す。鹿児島勢は気をいらち、何時まで斯て有べきぞと鉄砲うちすて刀を引ぬき、飛来る弾丸下かいくぐり、鎮台兵の真正中へおもて〔顔〕もふらず切こめば、台兵は小銃の剣にてよく防ぎ戦えども、暴徒は味方の死がいを楯とし縦横無尽に薙まわれば、台兵のそなえ乱れ、すでにこの手破れんとおもうおりしも、城中にてはその図〔機会〕を計り、谷陸軍少将の指揮もろともに、器械がかり〔工兵〕は雷機[6]の針さきへ手をかくるかと見えたりしが、大手京町口に仕かけたりし地雷火に気の通じけん、万山此所に崩壊か、百雷一時に落るかと思うばかりの震動にて、大地たちまち破裂なし、黒煙起って暗夜にひとしく、炎いち面に燃あがり、砂石八方へ散乱す。されば勇みにいさみたる暴徒およそ四、五十人、何以てたまるべけんや。胴躰ちぎれ多数となり、空中へ打上られ、たまたま命ある者も、手をもがれ足を砕き、身体は火脹れとなり、焔熱地獄の罪人もかくやと計りおもわれたり。さすが暴徒も地雷火に僻易なして、残りの人数惣くずれに敗走なせば、鎮台兵は正面よりきびしく発炮なせしにより、西郷小平、中島武彦、何よう下知〔命令〕をなすといえども、もりかえすべき勢いなく、残念にはおもえども京町口を退きけり。

○篠原国幹、坪井町にてしばらく息をやすめ居しに、遥か彼方の大手の方にて大地に轟く響きとともに黒煙りあがりしかば、こは何事とおもう間に、京町口にむかいたる暴徒四、五名はせ来り、只今斯々かようにて地雷火はっし、味方の各々敗走せしと注進せしかば、篠原国幹これをきき、捨おきがたき大事の場合と、坪井町へは五百余人の暴徒を残し、四百人ほど篠原自ら引率し、南の方より大手をさして[7]法花坂まで繰込みしに、大地ふたたび震動なせば、それここにも地雷火よという間あらせず前面一円炎とびちり、左右の松杉根こぎとなり、暴徒およそ三、四十人、微塵となって失にけり。思いもうけぬ事なれば、篠原、急に兵をまとめ、熊本兵が斯までに防禦の備えはあるまじとこれまでは進みたれど、もしみだりに深入せば、この上いかなる計略に懸らんもはかり難しと大いに驚愕なしにけり。

話説また元にもどりて、彼西郷小平、中島武彦らは辛く暴徒を引あげつつ新町[8]まできたりしが、労れをしばし休めんと近辺を見れば、この所の人家は一同やきはらわれ、ただ一軒のこりしは[9]一口亭と屋号をよぶ料理茶屋ゆえ、休足〔休息〕せんと庭より入りて、暴徒ども水など呑ておりし処、一声の響と共に一口亭の床下より地雷火忽ち激発し、内に入りて休息せし暴徒数名、家もろとも空中へ打上られ、黒燻返りて失にけり。ソリャまた此所にも地雷火よと、西郷、中島、その余のものもほうほうに逃れ出、ふかくも工みし地雷火よと舌を震いて恐れけり。

○さてまた西京行在所にて、三月八日、二品伏見宮は西国鎮撫使[10]に命ぜられ西国へ御出発に相成、鹿児島の事件糺問として議官柳原公を勅使とし、黒田[11]〔清隆〕参議、川路〔利良〕大警視、安田〔定則〕開拓権大書記官など属せられ、軍艦四隻、蒸気船五隻、兵隊一大隊、三間〔正弘〕警視は巡査五百名、江口〔高確〕警視は巡査二百余名、国分〔友諒〕警視は巡査二百余名、迫田〔利綱〕警視は巡査三十余名率せられ鹿児島へ着せられ、先頃暴徒に拘留されし少警視中原尚雄はじめ外人々を請取られ、弾薬その外、軍用の品をさし留、暴徒と鹿児島の通路を断れたり。

○ここに熊本の城、外郭にいにしえより壱ケ所の匿穴[12]あり。暴徒ら城を取囲たれども、いまだこの間道は知らざりしが、暴徒らに組〔与〕せし城下のものが彼のぬけ道の案内をいと委しく教示たれば、暴徒ども大いによろこび、その夜十時と覚しきころ、おのおの手がるく身支度なし、得物得物をたずさえつつ、ひそかに彼抜道より内郭へ忍び入り、鎮台兵の臥たる所を不意に討んと為しにけり。

この段第六編にくわし。

○さてまた、桐野利秋は千五百の暴徒を率し、熊本より二里〔約八キロ〕余へだてし木の葉[13]町へと押出せば、福岡[14]の鎮台兵は植木宿[15]へ出張し、暴徒来ると聞しかば、七本村[16]を左りになし、田原坂[17]の要害の地に陣を敷てまち受る。ほどもあらせず桐野の人数、田原坂の麓より筒先上り[18]に砲発し、ただ一ト揉と進みしを、福岡兵は少しも疑気せず〔ためらわず〕坂の上より激発せり。

六編

再たび説、熊本城の外郭、曲の手雁木〔直角に曲がる石段〕のぬけ穴より忍びこんだる暴徒らは、鎮台兵の不意をうたんと陣営をうかがいしに、夜廻り見張絶間なければ、案に相違はなしたれど、元より暴なる壮者ども、聊か恐るる気色なく、薩摩づくりの太刀うちふりドッとばかりに切入たり。鎮台兵、一時は驚き、コハ何処より忍び入しぞ、よも天より降はせまじと、力を尽し防戦せしが、彼抜道より入りし事を鎮台士官察せしかば、工兵に下知をなし、抜穴を埋させて退く道を絶断たれば、袋の中の鼠ぞと八方より暴徒を囲み、えらみ討になしたるゆえ、暴徒ら壱人も残る者なくことごとく討死せしが、熊本兵も死傷せし者いと多くありしとぞ。

○ここに桐野利秋が先陣、[1]別府九郎、[2]肥後助右衛門は二大隊引率し、[3]鹿子木村まで乱入せしが、待設けたる福岡兵士、向坂[4]の中途へくり出し、左右の樹木を小楯にとり、数百挺の小銃を一声〔一斉〕に放発せり。暴徒の隊長肥後助右衛門は本年六十有余才、ながやかなる白髪を乱し、白綾〔白絹〕たたんで鉢巻なし、大音に呼わりけるは、「イカに味方の若者たち、年とりたる我らに遅れ、未練なるたたかいなさば、後代までの笑い草ぞ。進め進め」と勉ますれば、暴徒の勢い破竹の如く、討れし味方を飛越刎こえ、手疵の血しおに咽をうるおし、更に一歩も退かず激戦数刻に及びけり。

また一トロは田原坂にて戦端を開きしが、暴徒は地の理よろしければ、福岡兵は浮足となり、思わず知らず壱二丁〔一丁一〇九メートル〕後辺のかたへ退けば、得たりやオウと暴徒ども平一さん〔一散〕に押かかる。その勢いあたり難く、残念にはおもえども、台兵は植木宿まで兵を纏め引あげたり。向い坂へ出張せし福岡兵これを聞、田原坂の鹿児島勢この所へ加勢に来り、うしろを絶きり前後より挟まれては一大事と軽く兵を引上れば、暴徒はあとを激しく慕い植木駅まで押きたれば、拠ころなく官軍[5]より植木駅の民家を焼、南の関[6]へと退きけり。よって暴徒は兵を分ち、一手は山鹿[7]へ陣を取、一ト手は南の関の此方、川床村[8]、府本村[9]へ胸壁を築き陣取たり。

さてまた熊本城中なる谷陸軍少将は、参謀樺山〔資紀〕中佐、児玉〔源太郎〕少佐と協議なし、城外に出張させし兵を不残引上て籠城[10]に及んだりしが、夜に至り城中より頻りに炮発なしけるに、暴徒はれいの霰れ弾丸または地雷火に恐れたるか、城近くへよせ来たらず。[11]丁六橋〔長六橋〕、安巳橋〔安政橋〕、[12]本妙寺とかがり〔かがり火〕を焚、陣を張、その勢いを示しけるが、明れば廿三日、篠原国幹、兵をわけ、中島武彦、淵辺軍平〔高照〕、樺山忠兵衛〔久兵衛〕を隊長とし、花岡山を本営と定め、大砲を頂上へ引あげ城中へ射撃せしが、間いあまり隔りたれば、弾丸は中途に落、城中へ届かざるにぞ。よって明廿五日は、是非を論ぜず城を抜んと手配りに及びける。明れば二月廿五日、朝霧いまだ晴やらぬ午前七時とおもう頃より貝鐘〔ほら貝と陣鐘〕太鼓を乱調に打ならし、熊本城外に責寄たり。城中の面々は、ききなれぬ物音かなと櫓の狭間〔矢や鉄砲を放つ隙間〕を開きて見るに、昨年[13]前原一誠らに煽動されて暴挙に及びし頑固名代の神風連中、この度鹿児島暴徒らに心を通じ、今日の城責先鋒を勤しにて、[14]相も変らぬ古風の装扮、鎧かぶとをつけるもあれば、[15]小具足にえぼし直衣、[16]幣束の指物などし、鎗薙刀をたずさえつ猛し気に押寄せたり。谷少将これを聞れ、それ打はらえと令を下せば、畏まりぬと狭間より野戦炮をつるべ懸、つづけ打にうち出せば、先に進みし神風士族を二、三十人打倒せば、姿にも似ず狼狽し散々に逃失せたり。入代って鹿児島暴徒、大小砲を激射なし、台兵を城外へ誘引出さんと計れども、台兵はさらに動ぜず、防禦の術を尽しければ、暴徒らも責あぐみ安巳橋へと退ぞきけり。さてまた桐野の責口なる山鹿に陣せし暴徒らは、[17]廿三、四の両日は休戦なし、[18]廿五日は早朝より鍋田村まで押出せば、[19]小倉の台兵出迎え、砲戦、時を移しけり。[20]暴徒は勢を二タ手に分け、右の方なる間道を廻り小倉兵の側面を不意に襲撃なせしかば、人少なる小倉勢これを防ぎ止めがたく、終に敗走なしにけり。この戦いに佐官壱人、兵士若干、戦死なし、大砲、小砲、馬二疋、敵に奪い取られしが、暴徒方にも十有余人、討死をなしにける。然るに総督有栖川の宮、四千の兵を率せられ福岡へ入城ありしと聞より、台兵英気を増し、賊を一時に追はらわんとその用意なしにける。また[21]高瀬へ乱入せし暴徒は、舟隈川〔繁根木川〕の間にて[22]福岡小倉両鎮台の兵と激しく戦いしが、官軍に討立られ、暴徒は高瀬川〔菊池川〕を越し[23]伊倉村まで退きたれば、官軍は[24]舟隈村へ兵をまとめて陣取たり。

さて廿六日、伊倉村へ退きたる鹿児島勢おしきたれば、[25]狭間川〔迫間川〕をへだてつつ

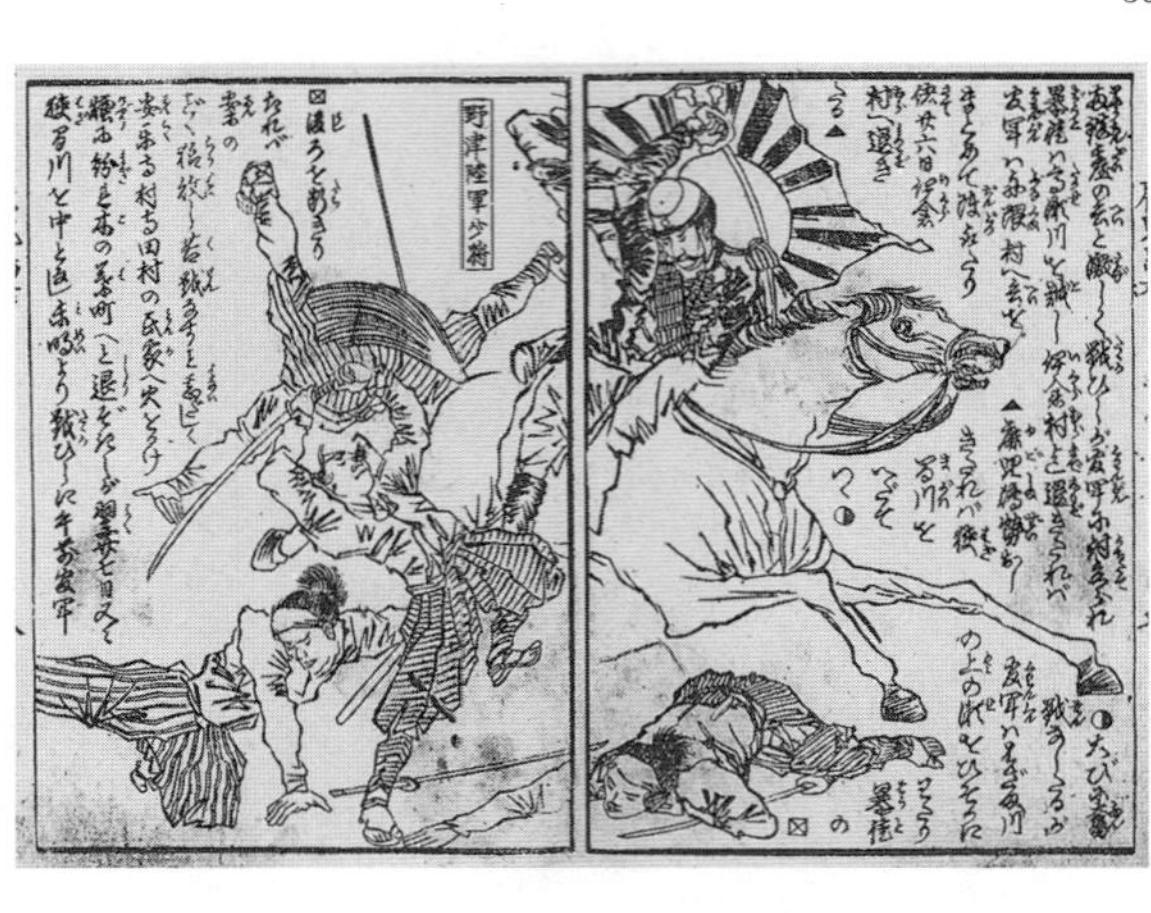

大いに奮戦なしたるが、官軍は、はざま川の上の瀬をひそかにわたり、暴徒の後ろを断きりたれば、案のごとく狼敗〔狼狽〕し、苦戦なすこと甚だしく、[26]安楽寺村、寺田村の民家へ火をかけ煙に紛れ、木の葉町へと退ぞきしが、翌廿七日、またまた狭間川を中となし未明より戦いしに、午前、官軍少しく敗し、十二時頃、暴徒敗し、午後三時頃、勝敗さらに決せざれば、官軍しきりに大炮を放せば、暴徒はひそかに官軍の背後[27]なる山の上より拳下りに狙撃なすにぞ、官兵大いに苦戦なしけり。

○かくて総督の宮〔有栖川宮〕はじめ、野津、三好の両君も着陣あり。東京、大坂いうまでもなく、諸鎮台より繰込む兵士は幾大隊ともかぞえられず。よってそれぞれ手くばりあり。陸軍少将野津君は、高瀬より河内[28]通りを進撃なして暴徒を破り、高橋まで押つめたりしが、少佐[29]何某誤まって聯隊籏を奪われけるを、野津君は、はるかに見やり、馬に一ト鞭加えつつ敵中へ馳入て、遮る暴徒を蹄に蹴かえし、前後左右へ六人まで斬ておとし、難なく籏を取返し徐々と引かえせしが、その勇猛に恐れけん、跡をしたう者〔追う者〕なければ我陣中へ戻りしは、実に目覚しき事どもなり。

○ここに昨年山口県下に暴動せし賊徒棟梁前原一誠が末の弟前原一格と云える者、如何して逃れけん、鹿児島に身を隠し、この度西郷隆盛が手にしたがいて川尻[30]の本陣にありけるが、度々勇猛をあらわしけり。

七編

時はいつなるぞ、明治十年二月二十八日、鹿児しま暴徒のそのうちにも今張飛(いまちょうひ)[1]とよばれたる勇猛名代の村田三介[2]は、わかもの五百人を率し高瀬口の官軍を打(うち)やぶらんとおしいだす。大坂〔大阪鎮台〕福岡〔第十四連隊〕近衛兵ら二タ手にわかれ、胸壁よりはげしく射撃なしければ鹿児島勢進みえず。物にこらえぬ〔短気な〕村田三助、濁(だみ)たるこえをふり立て、「かほどの敵にささえられ〔妨げられ〕進むことのならざるとは言甲斐(いいがひ)なきめんめん〔なさけない連中〕かな。戦いは斯(かく)するものぞ」と、陣頭に馬をすすめ、我につづけと駈出(かけだ)し、指令の大刀ひらめかし、鎮台兵の真ただ中へドッとばかりに切入(きりいっ)て、四角八面にあれまわる。暴徒らこれに励まされ、飛来る弾丸(たま)の下をくぐり、薩摩造りの刀をうちふり無二無三に切り入るほどに、大坂福岡鎮台兵うき足になりければ、近衛兵入(いれ)かわり銃槍(じゅうそう)〔銃先の剣〕

を中にかまえ抜刀隊[3]をよせつけず。しばらく奮戦なしけるが、村田三助ただ一人、味方にはなれ敵陣にいり、馬を卍巴(まんじともえ)のごとく〔自由自在に〕乗廻し乗廻し八方へ薙(きっ)てまわり、敵あまた討取けるが、その身も数ヶ所小銃(てっぽう)にうちぬかれ、終(つい)に討死なしけるにぞ。暴徒は大いに気をおとし、三介の死がいをかつぎ、ほうほうに引あげたり。

○三月一日は各所とも休戦にて、同二日早天より山鹿口に戦いはじまり、南の関、吉(きち)[4]治峠(じとうげ)、川尻(かわしり)なども砲戦あり。尤(もっと)も鹿児島方に於(おい)ては玉薬(たまぐすり)〔弾薬〕十分ならねば、戦い中旬(なかば)とおぼしき頃、刀をふって切込(きりこむ)ゆえ、官軍もこれに対し巡査[5]を撰(えらび)て抜刀隊とし、力戦しばしばありにけり。

さてまた篠原国幹は熊本城を破らんと、しばしば激戦なしたれど、城将谷陸軍少将、軍術に長(たけ)たるゆえ、よくこれを防ぎまもり、なかなか落(おつ)べき景況なければ、中島武彦○渕辺群平、樺山久兵衛の三隊長に城せめの事を托し、三月三日の早天に精兵五百人を率し高瀬口へ向いけり。然(しか)るに国幹おもうよう、このたび大功をあらわさずんば、西郷氏をはじめとし、人に面(おもて)はあわせがたしと覚悟なして繰出し、大久保村[6]を跡になし、暮坂〔向坂〕を越え、木留(きどめ)[7]村を馬手(めて)[8]にとり、吉次峠にさしかかる。さても原倉村[9]へ出張せし官軍の斥候の者、それと注進なしたれば、此方も峠へおし出し要害の地に陣をとり、篠原の先隊へ鉄砲を打込んだり。日頃は徐々かに指揮をなすしの原なれど、いとせき立、はげしく下知をなしければ、暴徒は死奮の勇をあらわし、[10]地の利の悪敷を事ともせず。討るる味方を楯となし、喚きさけんでせめ昇る。されども官軍散兵となり樹のかげより狙いうつに、猪武者の鹿児島勢も悠予〔猶予〕なすを篠原は見て、馬を踊らせ刀をうちふり、阿修羅王のあれたる如く東西へ切なびけば、これがために台兵も半町ほど退ぞきしが、一ツの弾丸とび来り篠原が胸もとへドウとばかりにうち込ば、何もってたまるべけん。真逆さまに落馬なすを暴徒は手ばやく肩にかけて、散り散りに大久保村まで引上しが、その名を天下に轟かせし篠原も玉けぶりと共に消しを、暴徒の内、[11]本多久左衛門というもの、篠原が髪の毛を鹿児島の妻子の許へ持参なして、葬式をねんごろにとりおこないけり。

○三月五日、山鹿口、吉次越などにいと激しき戦いあり。同日、熊本県下[12]十一大区牧野辺の百姓どもおよそ八百人ばかり蜂起なし、[13]蓆籏を押立、竹鑓猟師筒〔狩猟の銃〕などを持出し、[14]区戸長の宅を破却し乱防〔乱暴〕をはたらきたり。

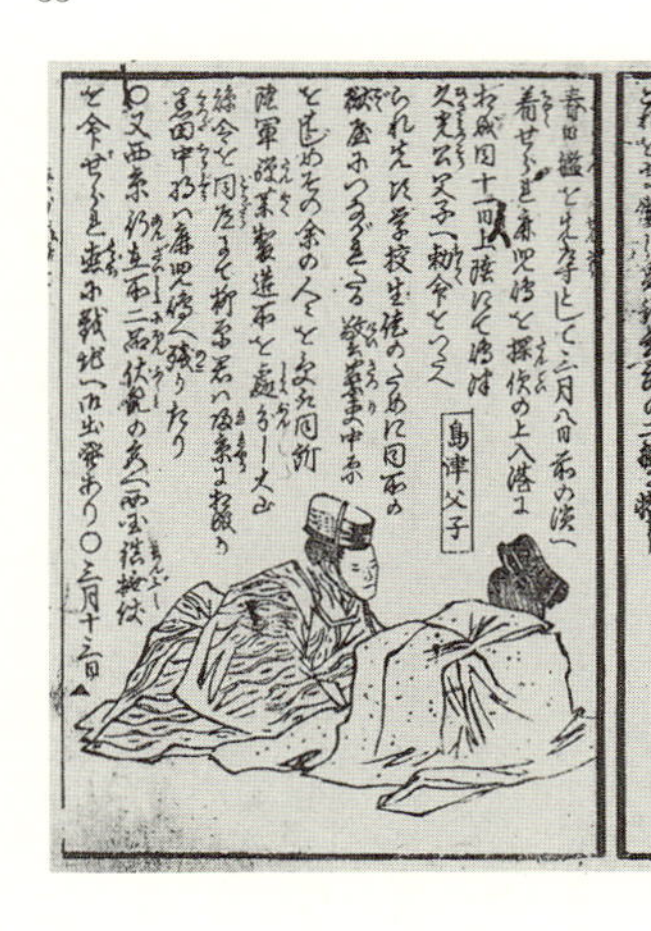

○三月六日七日とも田原坂○吉次越○木の葉町○二重峠（ふたえとうげ）[15]の四ヶ所に合戦ありけるが、福原〔和勝〕大佐、銃丸のために重傷（おもで）をうけられたり。

○今般の暴動に付（つき）、鹿児島に在る島津父子〔久光、忠義〕へ、勅使として柳原前光（さきみつ）君、随行として旧（もと）福岡藩の老侯黒田長博〔長溥〕、旧佐土原藩知事島津忠寛（ただひろ）の両君をはじめ黒田〔清隆〕中将、安田開拓権大書記官その外数員、兵士巡査数百人これを守護し、黄竜（こうりょう）[16]、玄武（げんぶ）の二艦に搭（とう）じ、春日艦[17]を先導として、三月八日、前の浜[18]へ着（ちゃく）せられ、鹿児島を探偵の上、入港に相成（あいなり）、同[19]十一日上陸にて島津久光公父子へ勅命をつたえられ、先頃学校生徒のために同所の獄屋につながれたる警察吏中原をはじめ、その余の人々を受取(うけとり)、同所陸軍弾薬製造所を処分し、大山県令を同道にて柳原君は帰京に相成り、黒田中将[20]は鹿児島へ残りたり。

○また西京行在所、二品伏見の宮へ西国鎮撫使を命ぜられ、直(ただち)に戦地へ御出発あり。

○三月十三日、警視隊[21]の一組は豊後路[22]へ進まれしに、空にわかにかき曇り、寒気ははだえをさすがごとく。やがて大(おお)ゆきふり出し、さらに咫尺(しせき)〔近(ご)く〕も弁ぜぬほどゆえ、大いに困苦いたされたり。三月十三日夜もいまだ明ざるに〔十四日早朝〕、田原坂[23]口の官軍は鹿児島方の塁場(だいば)〔塁防〕を抜(ぬか)んとしきりに砲発なしけるにぞ。暴徒らも心得たりと防戦なす事一時(いっとき)〔約二時間〕あまり。然(しか)るに賊の抜刀隊は戦いの図をはかり二、三十人切込んだり、その太刀先最尖(いとするど)く、官軍もこれがために崩れんとなすをみて、近衛兵入(いれ)かわり、鉄砲に銃鎗(バヨネット)をつけ、中段にこれをかまえ、一同に狙撃なし十四、五人うち倒し、銃鎗を網代(あじろ)にくみ、手許(てもと)へはよせつけず。この折、巡査の抜刀隊、いずれもうで前すぐれし人々十名を一ト手となし、不意に討てかかりしかば、鹿児島勢も切たてられ、四、五十間〔約七〇〜九〇メートル〕しりぞけば「戦いには勝たるぞ。この図を抜(ぬか)さず〔機を逃さず〕追うちせよ。進め進め」と伍長の指令に、巡査の勇気、日ごろに倍し、田原坂をせめのぼり、植木街[24]道電信ばしらのもとまで隊をくりこんだり。この日の戦いもっとも激しく、前代未聞の事どもなり。

翌十五日午前五時ごろ、山鹿口へ出張せし横平山[25]の官軍を鹿児島勢不意におしよせ一旦台場をうばいしが、巡査およそ六十名ほど二手にわかれ切入て、忽ち台場を取戻せり。十六日[26]、山鹿口の官軍は岩村[27]より長野原[28]を越、車返坂[29]中途へくり出せし、その折しも、左右の藪より伏勢起り、狙いうちにうち立られ、すこぶる苦戦をとげにける。その夜、山鹿の鹿児島勢、夜うちをかけて官軍の勢いをとりひしがんと、人数およそ二百人程その支度に及びける。

八編

[1]山鹿口に陣取たる貴島清が引率せし鹿児島新手の人数をもって夜うちを懸んと支度をなし、午後七時ともおぼしき頃、宵闇こそ幸いなれと、二百人ほどくり出し、三、四十人ほど一ト手となり、薩摩づくりの太刀うちふり、ドッとばかりにきりいったり。それと見るより近衛兵は喇叭をふいて急を知らせ、備えを立たるほどもなく、官軍がた二、三の塁場を固めたる兵卒は、不意をうたれしことなれば、防ぎとどむる手だてなく、思わずくずれみだれ立を、暴徒は得たりと襲撃なせど、暗さはくらし[2]土地にはなれず、同士討をもせしとなん。官軍の本営には、野津、大山の両将もみずから指令の剣を抜、兵卒にさしずあり。然るに所々の塁場より援いの兵を給われよと報ずること急なれば、それぞれに手くばりあり、終に夜討を防ぎしが、中にも近衛兵、東京

鎮台、小倉兵は功名をあらわしたり。

　四月〔三月が正〕十六日、山鹿口なる岩村の官軍は、長野原の外れなる車返し坂まで行軍せしに、左右の竹やぶ樹林のうちより、人数の多少は分らざるが、鹿児島方の伏勢(ふせぜい)おこり狙撃なすことといとはげしく、官軍すこぶる苦戦なせしが、東京、小倉両台兵、死奮の勇をあらわして、このところを引上(ひきあげ)たれど、死傷のもの多かりけり。同じく十七日、鹿児島県令大山綱良(つなよし)[3]の官位褫奪(ちだつ)のむねおおせ出(いだ)され、大山綱良は東京へさし立(たて)られける。同日、田原坂口の官軍は、夜も未だ明ずして朝霧ふかきを幸いに不意に敵の台場にきり入(いり)、二ケ所すみやかに攻(せめ)おとしたり。

　[4]ここに昨年熊本にて神風連が暴挙のおり、豊後の国の者どもも一味なして乱妨(らんぼう)せし四十三人、捕縛のうえ大分県下へ入牢させしが、この度の事件を獄屋にてきき、同夜いずれも手錠をはずし、牢屋敷に火を放し、鹿児島暴徒にしたがいたりとぞ。

　[5]同十九日、黒田参軍惣大将にて兵隊を玄武丸、[6]扶桑(ふそう)丸にのせ長崎を出帆し、丁卯(ていぼう)艦は天草へすすみ、玄武丸、扶桑丸、神奈川丸〔金川丸〕は日奈久沖より陸のようすを篤(とく)と見るに、人数の多少は分らねど、此処彼処(ここかしこ)に鹿児島勢屯集なせば、船をよせて大砲を

連発し、巡査の抜刀隊は端船(はしけ)にのりて須口村[7]へ上陸し、鹿児島勢に討(うっ)てかかる事急なれば、暴徒ら銃器を放す間もなく、銘々(めいめい)腰なる刀を抜(ぬき)、しばらく防ぎ戦いしが、沖より暴徒の陣中へ発せし大砲、あやまたず弾薬箱へうち当たれば、何かは以てたまるべき、合薬〔火薬〕一時に激発し暴徒ら数名微塵となりぬ。これに驚き残りしものども、人吉の方へ散々に敗走せり。同日、植木駅にも二時間ほど戦いあり。

廿日は夜の引あけより小雨しとしと降出(ふりいで)たるを、植木口の官軍は吉次越○田原坂の要害の地に兵を置(おき)、近衛、大坂、福岡など二股(ふたまた)[8]よりすすみたり。鹿児島勢は、雨天ゆえ戦いはあるまじと油断せしかば大いに驚き、かつ官軍の鉄砲は元込(もとごめ)なれば雨天にも合薬は濡(しめ)らざれど、暴徒は先込筒(さきごめづつ)[9]なるにぞ合薬しめりて火うつり悪(あ)しく、その困苦はなはだしく、官軍は得たりや応と、うえ木〔植木〕宿へ乱入し、暴徒の泊(とまり)〔宿所〕へ火をはなし、午後二時すぎまでたたかいたり。されど左右に築立(つきたて)たる鹿児島方の胸壁はかたく守りて防ぎけり。

同廿一日、午前九時より田原坂口にて巡査の抜刀隊、無二無三に鹿児島方の塁場の内に切入(きりいっ)たり。しかるに暴徒は、入かわる新手の兵のあらざれば、何(いず)れも身体うみつ

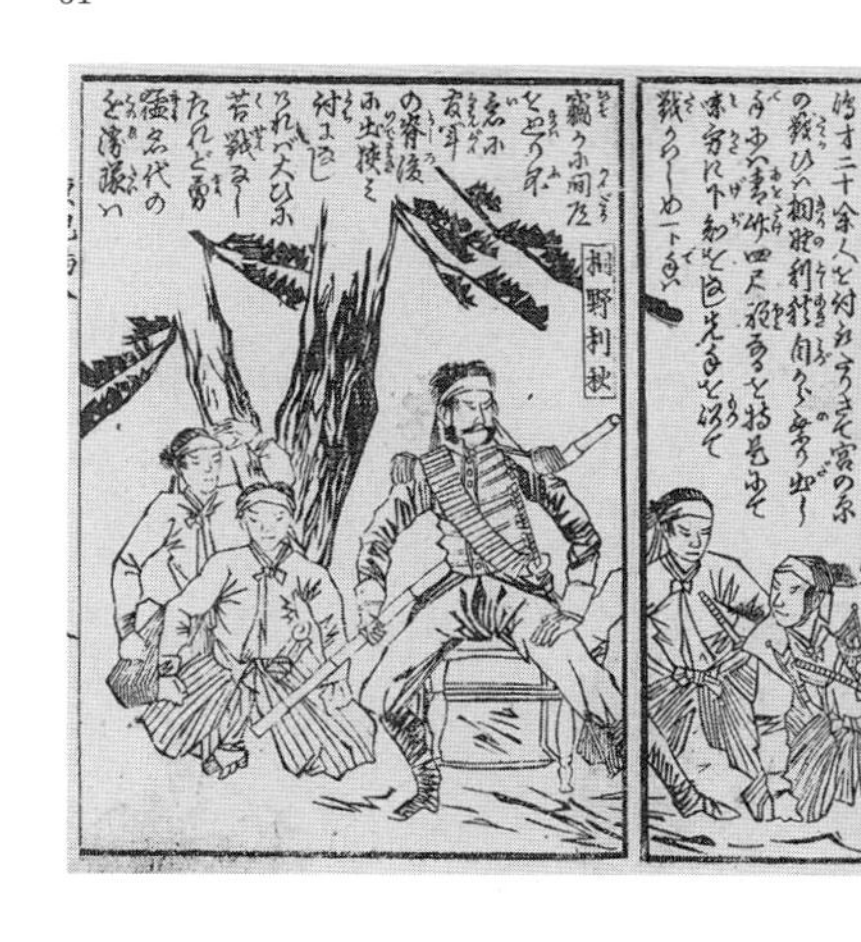

かれ、心は弥猛(やたけ)にはやれども〔勇み立つが〕、働らき充分なすことあたわず、大小銃を打捨て十町あまり退ぞきたり。

[10]二十二日、山鹿口に陣取たる暴徒は兵を二タ手に分(わけ)、一手は[11]隈府(わいふ)まで、一ト手は植木街道を引揚たれば、官軍はげしく追うちなしけり。同日午後四時より八代口は、[12]鏡町(かがみまち)、[13]宮の原において戦いを開きしが、追(おい)つ追(おわ)れつ勝敗けっせず。日も西(せい)山(ざん)にかたぶけば互いに軍(いくさ)をとどめけり。

二十三日も早朝より戦いを始めしが、鏡町の方は、官軍勝利にて鹿児島方二十余人を討取たり。さて宮の原の戦いは、[14]桐野利秋自から乗り出し、手には青竹四尺程〔約一二〇センチ〕なるを持、これにて味方に下知をなし、先手を以て戦かわしめ、一ト手は窃かに間道を廻り、不意に官軍の背後に出、挟み討になしければ、大いに苦戦なしたれど、勇猛名代の近衛隊は散兵となり樹のかげよりいと激しく狙撃なし、うしろの暴徒をくい止めつ。午後四時たがいにしりぞきけり。

[15]廿四日、山鹿口は小ぜりあいにて、植木駅○吉次峠は両所とも勝敗決せず。田はら坂の鹿児島兵は、鳥の巣、高枝、広尾、大津辺に塁場をつき立、向う坂、木留町にて戦かい数刻に及びけり。

[16]同廿五日、高瀬ならびに舟隈川の間だにて戦い、鹿児島勢打負、井くら〔伊倉〕村に退ぞき、官軍は兵をまとめ、舟くま〔船隈村〕に陣どったり。廿六日早天より高瀬川を隔て戦い、はじめ官軍利を失い、十一時ごろ勝色にて、午後三時、勝敗なくわかれたり。

◯ここに福岡、大分両県下暴徒の事は九編に出す。

九編

ここに豊後の国大分県下の暴動は、[1]豊前中津の増田宋太郎、後藤純平ら巨魁となり、無頼の悪徒三百人ほど煽動し、三月三十一日、合図の鉄砲を放ち喇叭を吹たて、[2]中津の支庁に切入て、[3]宿直の官吏を殺害し、玉ぐすり小銃など奪いとり、火をはなちて支庁を焼、それより[4]田尻○征矢堂○逆手隈○小犬丸の口々をかため、船橋〔船による代用橋〕を切おとし、[5]官員または警察がかりの宅へ切り入、獄屋を破りて罪人を出し人歩として諸物をはこばせ、[6]別府の烟草屋某、[7]水崎の元庄屋、同所の貝屋某をはじめ商家へおし入、強談〔無理強い〕し数多の金子をうばいとり、それより中津の旧城大手の門外にあつまり、列を正し一声に鯨波をつくり〔鬨の声を挙げ〕、中津の町々へ張札をなし、[8]豊後の賊徒と一ト手になり大分県庁を襲い、鹿児島勢に組せんと、四月一日、[9]四日市通り、[10]海岸通りと二タ手にわかれ、高田道[11]より豊後路へのがれゆきぬ。

○さてまた福岡県士族越智(おち)彦四郎○村上彦十○久見巽(ひさみたつみ)〔久光忍太郎〕○加藤固(かたむ)〔武堅〕○久世芳麿(くぜよしまろ)ら巨魁(かしら)となり、同県士族を五百余人うちかたらい、同県下七隈(ななくま)[12]村へ屯集なすよし、下の関の官ぐんへ報あれば、ソレ討はらえと急速に兵をくり出し、三月三十日[13]、いまだ夜の明ざるに、明石釜(あかしかま)村まで出張なすに、暴徒は同所の峠[14]へ陣し、しばらく砲戦なしたるに、兵器とても整わざれば忽(たちま)ちに敗走なし、三十一日、曲淵(まがりぶち)[15]、飯田などにてふたたび戦い、久世芳麿○下間(したま)甚吾〔舌間慎吾〕は討死し、暴徒はちりぢりばらばらに静世(しずよ)[16]峠へ引あげるを、この図をぬかさず討(うっ)て取れと、官軍はげしく跡を追うにぞ。これによって江上信直〔述直〕はじめ六十名ほど討死し、むら上彦十は深手を負うてよわりし処をからめとり、越智彦四郎、久見巽、加藤固ほか百余名も生どられぬ。四月一日[17]、三百人程筑前原田(はるだ)にいたり、電信柱[18]を切倒(きりたお)す。時に久留米へ通行なす官軍、それときくよりその場にはせつけ、撤兵〔散兵〕となり不意をうてば、賊徒は驚き大いにうろたえ、生どらるるもの数十人。残るものども阿弥陀(あみだ)が峰(みね)[19]へにげはしり、二日は秋月(あきづき)[20]までうろ付(つき)て、あるいはうたれ、生どられ、三日は暴徒も力らつき、戦うべき気力もなく、道をもとめて[21]宝満山へにげ登りければ、五日の早朝より宝満山をさがしたれど、賊一人も見えざりしが、追い追い自訴〔自首〕におよびたれば、[22]中津、福岡両県下の賊はまったく鎮静なしぬ。

○木の葉町へくり出せし官軍方の抜刀隊は業に達せし巡査なれば、暴徒が築たる三の〔三ヶ所の〕塁場へドッと喚いて切入にぞ。その勢い猛虎のごとく、強気我慢の鹿児島勢もふせぐべき手立をうしないくずれ立。[23]そのおりしも、暴徒の中より年の頃は二十一、二と見ゆる婦人、みどりの髪をふりみだし白ぬのにて鉢まきなし、緋ぢりめんのたすきをかけ、小サかたなをこしにさし、[24]銀ひるまきの薙刀うちふり、抜刀隊にわたりあい、右をうち左をはらい、千変万化の秘術をつくす。そのさまさながら楊柳に狂う飛鳥のごとくにて、ひらひらひらと閃めく剣をおそれぬ勇婦のはたらきは、義仲の妾巴ならずば、板額、阿茶の局らが再来とこそ疑がわれぬ。

○時に[25]四月八日、熊本に籠城せし奥〔保鞏〕陸軍少佐は一大隊の勇兵を率し、城門を押ひらき、ドッと計りに繰出し、[26]藪の内橋より[27]通り町へ出、遮ぎる暴徒をうち破り、安政橋の川上をわたり、[28]中牟田村より[29]六ヶ村を経て[30]御船街道に出、[31]みどり川を歩わたりなし、[32]隈の庄へ至りしに、おりよく八代口に出張せし官軍の探偵兵に出逢い、それより共に[33]桜山にそうて無異〔無事〕に[34]宇土の本営に着され、参軍方へ熊本城中の事どもをつぶさに演舌〔報告〕なしぬ。今日途中にて暴徒十二名を生捕りしが、熊本兵は死傷三名なりしとぞ。

○ここに東京[35]本芝弐丁目に寄留の鹿児島県士族江夏干城、同人弟直方、[36]麻布長坂の住別府秋国〔助国〕、[37]本所横川町に止宿の廻政徳、[38]赤坂溜池に住板橋盛与〔盛興〕らひそかに返逆〔叛逆〕を企て西郷に心を通じ、四月十二日、[39]上野公園にて花見に事よせ集会なさんと、江夏干城、板橋盛与は[40]山下の雁鍋にて一盃を酌かわし、残りの者は上野に到り花をながめ居るところへ探索方は手をまわし、同じく花見の者に扮立、喧嘩を仕かけ、巡査来りて双方とも屯所へひかれ、喧嘩の次第を吟味と思うに、打てかわって悪事の調べに逆賊どもは大いにおどろき白状に及びければ、板橋、江夏の両人をも召捕けり。

○さてまた浪花の[41]角力年寄何某と云る者は、数多の角力をめし連て西国筋を興行し、鹿児島にいたり角力開業いたすうち学校〔私学校〕生徒の暴動に出合い、一味せよとありければ、かしこまりぬとその意にしたがい、同行の角力どもにかさねし畳を手にもた

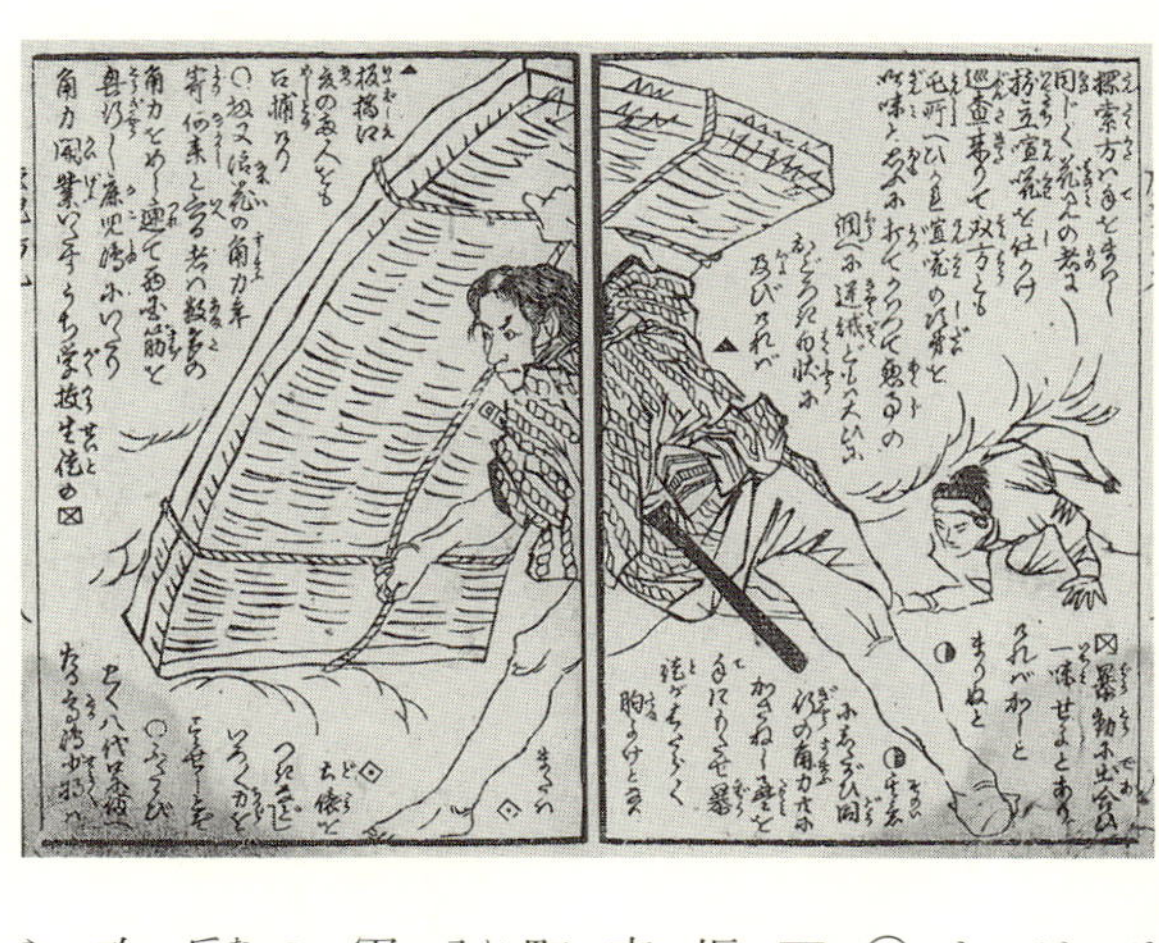

せ、暴徒がはたらく胸(たま)よけとなり、また
は土俵をつきなどし、いろいろ力を尽せ
しとぞ。
○ふたたびとく、八代口に備えたる高島
〔鞆之助〕少将は、別働隊ならびに福岡、大
坂鎮台兵を引率し、暴徒が後(うしろ)を絶(たつ)べしと
支える敵を打はらい、日奈久、八代○鏡
町○宮の原にて激戦あり。終(つい)に宇土に攻(せめ)
入(いり)て同所も全く攻取(せめとり)たり。また植木の官
軍は小野山[42]よりすすみ、吉治峠、木留村
の右の方なる、要害堅固と聞えたる三(さん)[43]の
岳(たけ)をとりきって、木留町の左りの方より
攻込み、鹿児島がたの焚出(たきだ)し所をやきは
らい、[44]滴水(たるみず)より大砲にて[45]辺田野(へたの)の敵をう

ちたったり。

さて川尻の本陣なる惣棟梁(そうとうりょう)西郷隆盛は、諸方の味方敗走し死傷いと多ければ、急に兵を集むべしと、別府新助○辺見〔逸見〕十郎太○[46]樺山久兵衛の三人に命じ、鹿児島へ帰らしめ、同県の大書記官田畠〔田畑〕常秋と談合し、しきりに兵を集めけり。

十編

鹿児島へ帰県せし別府新助、辺見十郎太、樺山久兵衛の三人は大書記官田畠常秋としめし合せ、新たに募りし千五百人、四月一日、二日、三日の三ッ日に鹿児島を出発させ、[1]加次木(かじき)口より八代街道にかかり、同じく六日、[2]玖磨川(くまがわ)〔球磨川〕までくり込み、官軍の別働隊が背後(うしろ)をうたんとなしけるにぞ。高島少将その機をさっし、玖磨川をまえにあて、兵士合せて三大隊手くばりなして待うけしに、七日の午前八時ごろ、暴徒やにわに川をわたり、新手(あらて)の勢いいと激しく、官軍も防禦の術を尽せども、敵は味方に三倍し、かつ戦場も広漠(ひろ)ければ、苦戦なすこと一トかたならず。されど一歩も退ぞかず必死となって戦(たたこ)うたり。この事早くも本営へ達せしかば、官軍すくいの新手の兵追々にくり込むにぞ。これによって高島隊にて鹿児島新募(しんぼ)の暴徒らをこの所にて食とめたり。また鹿児島県庁にて大書記官をつとめいる同県士族田畠常秋は、今回西郷隆盛が兵をあぐるは名義正しと一途におもいあやまりたれば、兵をつのり金穀および弾薬などの運輸に尽力なしたりしが、勅使柳原公、鹿児島へ御入来になり、暴挙の事どもくわしくきき、始てその非なるを知り切腹なして死したるが、勅使も帰京ありし後、もと鹿児島の士族桂衛門〔右衛門〕、当時桂四郎といえるは、日向国宮崎[3]県庁の長官を勤役せしもの成が、此度西郷に一味し熊本へ出張なせしが、田畠が割腹ときくより鹿児島へ帰県なし、新県令と称し、兵を集め兵粮弾薬を暴徒がたへ送りけるとぞ。尤笑うべき一話は、この桂四郎が県令と号し居たるは、賊将村田新八より辞令書を得て始て県令と称せしよし。然ば一個の威勢にては県下の者を驚かすほどの人物にはあらざるべし。

○ここに江田〔国通〕陸軍少佐は、近衛兵二番大隊を率し吉治越にせめよせたり。鹿児島がたも[4]近衛兵の赤備えを見るよりも、いざや雌雄を決せんと、切所〔難所〕に築たる胸壁のうちよりはげしく大小砲を打かけけるに、官軍もいささか恐れず、おなじく砲発なすほどに、勝敗さらに分たざりしが、[5]暴徒方より大いなる赤牛二疋を怒らして追立追立放ちしかば、怒牛は角をふり立て狂いつつ近衛兵の隊を目ざし真一文字走入るに、道巾せまき所ゆえ外に避べき道もなし。この時別当〔馬の世話役〕五、六人これを馬と見違いけん、手取にせんとむかいしが牛なりければ驚きて、コリャ叶わぬと逸足〔速足〕出し逃出し、兵士も大いに悩まされしが、終に二疋ともうち殺し食料になしたりとぞ。

○さても鹿児島方の本営となしたる川尻口へは、山田〔顕義〕少将の手にて[6]川尻川へ[7]船ばしをかけ、惣勢はげしく討立たるゆえ、さすがの暴徒もふせぎがたく、[8]日向路さして引上しが、川路〔利良〕少将は[9]御船駅の敵を払ってくりこんだり。

○谷〔干城〕少将が籠りたる熊本の城兵らは、暴徒らをさそわんと、或時は砲発し、またはうって出れども、敵はただ遠囲のみにてはげしき戦いをせざりしが、[10]四月十五日、山田少将は緑川をうち越え暴徒の陣へ火をかけたり。折しも山風いとはげしく、此所彼所へ燃えうつれば暴徒も大いに辟易す。[11]このとき山川〔浩〕中佐は別動隊一中隊を率し、横合より討てかかり、敵陣を突てとおり、[12]八瀬川をわたり、遮ぎる暴徒を切なびけ、熊本間近く進みけるに、城中にてもそれとさとり、児玉〔源太郎〕少将、城兵を指揮し、その勢い猛虎のごとく、城門を開てくり出し、囲みし敵を追はらい、山川中佐に出あいしかば、列をただし勝鬨(かちどき)をあげ入城に及びける。嗚呼(ああ)、勇なるかな。さしも強(ごう)なる鹿児島勢が五十余日囲みしを、屈せず籠城を為(し)とげしは、比例(たぐい)まれなる事になん。かかりしほどに、熊本近傍に今は暴徒壱人も居らざれば、十六日より県庁[13]を元の所に開かれ、十七日、木の葉町より総督有栖川の宮はじめ参軍方〔山県と川村〕入城ありて、本営を熊本城中へうつされたり。

○さても暴徒の陣中にては惣大将西郷隆盛、人々にむかっていいけるは、「熊本城を攻(せめ)ぬきて根拠となさん目的なりしが、城兵防ぎて破りがたく、山鹿の官軍連絡し、川尻、三の岳も破られ、兵士も多く損じたれば、一旦鹿児島にもどるべし」と、詞(ことば)もいまだおわらざるに、桐野利秋すすみ出、「鹿児島の大書記官田畠常秋切腹なし、桂四郎を新県令になしたれど人望はさらになく、また官軍は鹿児島へ手くばりなせしと聞えたれば、とても帰県はなるまじく、よってまず日向へ引あげ、豊後の国へうち出ん」というに、熊本暴徒の巨魁(きょかい)池辺吉十郎も同意せしかば、評議ここに一決し、暴徒の惣勢三手にわかれ、日向路さして引あげたり。

○ここに河村参軍、大山少将、高島少将の方々は兵士数大隊、また警視は巡査数百名

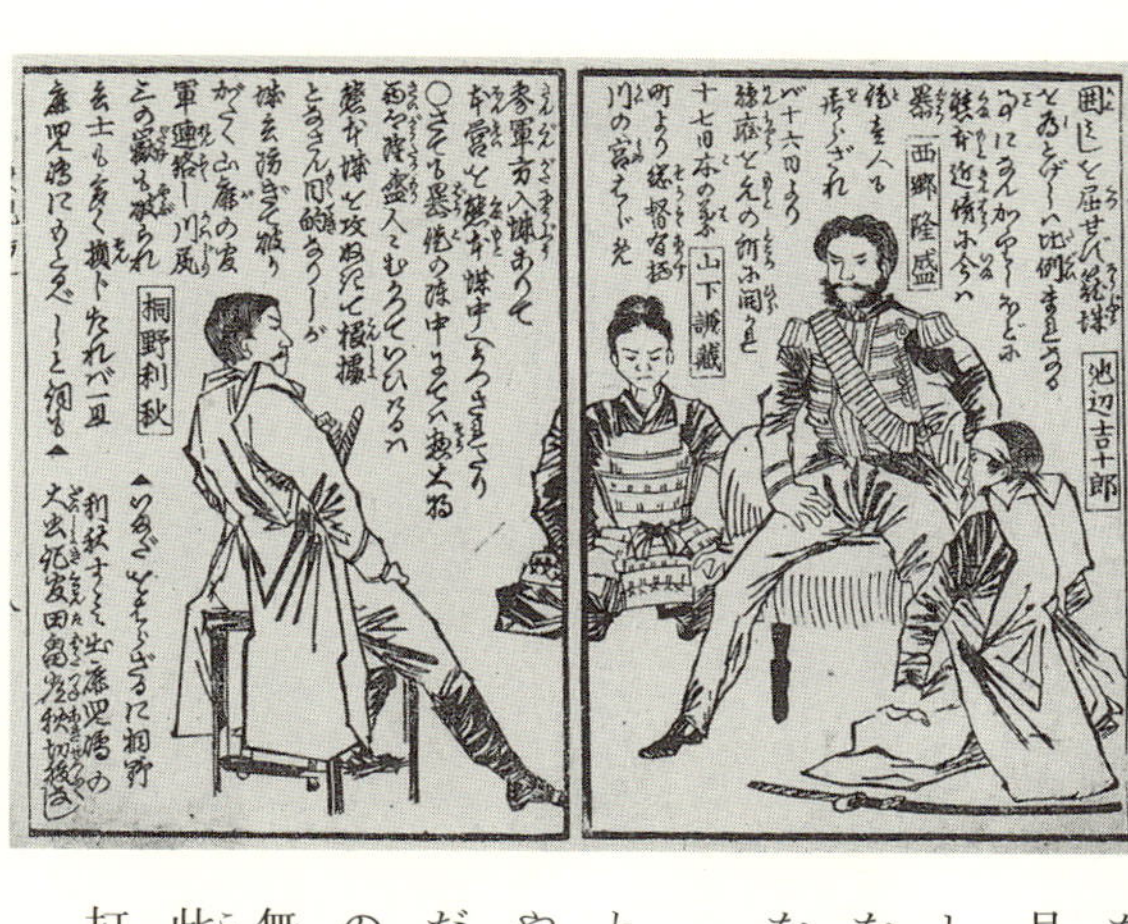

を率し、熊本より数隻の軍艦にのり組、四月廿七日、鹿児島に入港し、一同に上陸なし、廿八日、四方に斥候の兵を出し、台場を鹿児島の城下につきたて、暴徒のよせるを相待たり。

かくて五月三日、暴徒鹿児島へよせ来ると聞えしかば、官軍方は英気を養い、いざや来れと手配りなすに、[14]同四日、夜もいまだ明ざるに、暴徒らは西郷隆盛が住し[15]武村の方より押よせ、[16]新上ばしを打わたり無二無三に進み来るを、待設たる官軍は[17]城山の此方より先ず戦いの邪魔なる屋敷へ大砲を打込みければ一里半余も延焼したり。

十一編

さてもかの暴徒らは鹿児島に繰こみし官軍を襲わばやと、その勢およそ三千余人、本県の近傍なる小山田[1]○伊敷○田上村○武村とかより小銃組を先にたて、次には武術自まんの壮者、氷にひとしき太刀打ふり、鯨波をつくっておしよせたり。待もうけたる官軍の先手静間[2]少佐は、山にそい野戦砲をうち出せば、川路少将の手は、中村[3]より賊の側面を撃けるにぞ。暴徒は大いに狼狽たれども、元来我武者の命知らず、討るる味方を楯となし、奮撃突戦時をうつし、勝負さらに決せざりしに、河村参軍が手の兵士、城山[4]の間道をめぐり賊の背後を断切て、はさみ討に攻かかれば、賊三方より押包まれ、すこぶる戦い難義なれば、今は戦う気力もうせ、浜道づたいに引あぐるにぞ。スワ追撃てと川路、河村両将はげしく令を下せば、部下の兵士は駈足に討取討取迫りしかば、賊徒は隊伍をくむひまなく、[5]一組は伊藤が岳に走り、一手は加治木まで引あげたり。されば右の戦かいにて、賊の隊長たる[6]長野瀬弥九郎〔能勢弥九郎〕はじめ[7]二十六人、討死せり。

○[8]五月十二日、賊徒千人ほど大分県下へ乱入し、[9]重岡の警察所へ不意に夜討を仕懸しに、警察官吏も備えはなせど、味方はいかにも少勢なれば一旦は引はらいしが、同十八日、[10]萩原大警部、[11]宮内中警部、八百人の巡査を率し、ただ一戦に賊をはらい、勢いするどく[12]国見山へ進撃し、賊塁数ヶ所責抜たり。

○ここにまた八代口の官軍は水股なる[13]丈高山にて奮戦し、賊をうつ事十八人、烈しく攻撃なしけるにぞ。賊徒は防ぐ事を得ず、[14]馬見原さして退ぞきける。

○ここに旧鹿児島の県令たりし大山覚之助綱良は、勅使柳原前光公にしたがい神戸港へ着せしに、かねてより大山は西郷隆盛を深く信じ、この度暴発の事件に於ても県庁の官金を賊におくり、兵粮弾薬の運送に尽力し、賊に応ぜし罪判然たれば、神戸の船中に於て官位褫奪のうえ捕縛になり。直に東京へ護送せられ、臨時裁判所にて調べし所、大山綱良は[15]九州なる臨時裁判所にて総督有栖川の宮の裁決を望みけるゆえ、その意に任せ再び九州へ護送なしたり。

◯ここに八代口[16]へ行軍せし山川中佐の率したる撰抜隊[17]は二タ手にわかれ、一手は山上を進んで黒野田山[18]を守りたる賊徒らをおいくずし台場数ヶ所を攻ぬけば、一手は山の麓をめぐり山の上なる味方と合し、川辺村[19]、深江村をすぎて人吉に入らんとするに、暴徒らここを破られじと大砲数門居おきて、小銃ともに連発なして厳しく防ぎたりければ、官軍容易にすすみがたく、対陣なして一夜をあかし、翌六月一日、夜も未だ明けぬくらまぎれ、月の光りを便りにて、すすめすすめの喇叭と共に官軍いさみ進軍なすに、深水村の杉林より賊兵烈しく砲発しけるに、官軍もこれに応じ頻りに砲発なしける故、しばらく勝負は見えざりける。時に後備軍の一ト手は八代道の瀬摩山[20]といえるにさしかかり、道最せまき九十九折の難所にいたるその折しも、左右の杉の深林より待設けたる賊の伏勢一度にドット起り立、数百挺の鉄砲をすきまもなくうち懸うち懸はさみ撃になしければ、官軍苦戦一トかたならず、辛くも一方うち破り、もと来し道へくり引〔順次〕に引あげしが、死傷も多ぶんありしとぞ。

同二日〔一日が正〕の早天より、きのうの恥辱をすすがんと諸手の官軍〔諸軍〕備えを厳にし、

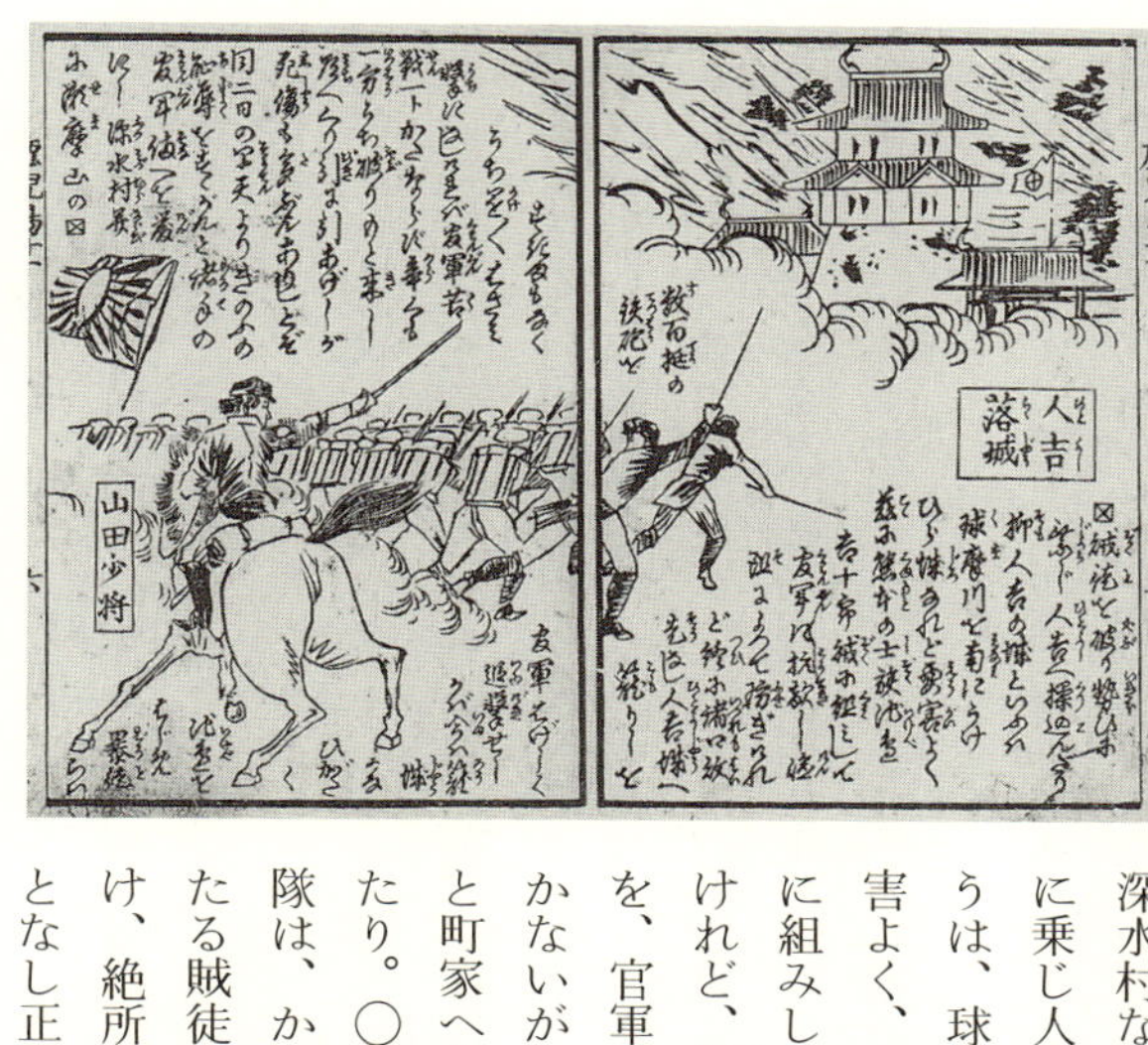

深水村ならびに瀬摩山の賊徒を破り、勢いに乗じ人吉へ繰込んだり。抑[21]人吉の城というは、球磨川を南にうけ、ひら城なれど要害よく、ここに熊本の士族池辺吉十郎、賊に組みして官軍に抗敵し嶮阻によって防ぎけれど、終に諸口敗走なし人吉城へ籠りしを、官軍はげしく追撃せしかば、今は籠城かないがたく、池辺をはじめ暴徒らは、城と町家へ火をはなち、[22]加久藤のかたへ落失たり。○豊後路へ向いたる新撰旅団[23]の二大隊は、かねて嶮阻と聞えたる鬼ケ岳[24]に籠りたる賊徒らを破らんと野戦砲と小銃を打かけ、絶所悪所〔難所〕のきらいなく、大木を楯となし正面よりせめのぼるを、賊徒はそれ

と見るよりも山上より拳下り(こぶしさが)に発砲なしてふせぐおりから、官軍の迂回兵(うかいへい)は賊隊の側道より不意にきり込む抜刀の勢い、さながら猛虎のごとく八方へ荒まわれば、賊徒大いに辟易(へきえき)し、さんざんに敗走せり。また臼杵(うすき)[25]に向いたる海陸両手の官軍は賊をはさんで激戦し、日進[26]、浅間の両艦より発する大砲的中し　賊[27]が籠りし陣屋を焼(やけ)ば、いかでかこらえ居らるべき、みな八方へさんらん〔散乱〕せり。

日向口[28]に向いたる三浦〔梧楼〕少将の第二旅団〔第三旅団が正〕、高島[29]少将の別働第一旅団は、二手にわかれ、坊主山[30]、高隈(たかくま)山の間(あわ)いへ懸(かか)るに、賊も一世(いっせ)の大事なりと防禦の術を尽すほどに、やや暫(しばら)く激戦せしが、高島少将の手、鉾先尖(ほこさきするど)く、第一番に賊を破り、大口町へ乱入す。賊、狼狽して民家へ火をかけ、取る物も取敢ず、煙りに紛れて飯野駅(いいのえき)[31]より小林[32]さして逃(のが)るもあり、霧島(きりしま)[33]山の山腹に屯集なす者もあれば、官軍は列を正(ただ)し、牛(うし)[34]が峠(とうげ)へ陣を張(はり)、雨をおかして、きりしま山へ攻のぼり、賊を悉(ことごと)くうち破り、弾薬兵粮若(そく)干(ばく)を分(ぶん)どったり。

○かたじけなくも、聖上は西京(さいきょう)へ御駐輦(ごちゅうれん)あらせられ、賊徒征伐の実況(ありさま)をきこし召(めさ)れ、官軍日々勝利との事なれば、征討総督有栖川の宮、山県参軍、河村海軍中将、川路少将、三浦少将その余諸将校はじめ兵士に至るまで、軍務の御慰問として東久世(ひがしくぜ)侍従長を戦地へつかわされ、一統〔一同〕へ勅語あり。御酒肴(ごしゅこう)などを給わりければ、何(いず)れもありがたく頂戴し、一層勇気日頃に増し、持口(もちぐち)〔持場の戦場〕へとすすみける。

○さても賊徒は本営を日向の宮崎に居(すえ)、火薬製造所を佐土原、高鍋、[35]都(みやこ)の城(じょう)などにもうけ、賊将新納(にいろ)十蔵〔軍八〕これを管轄し、佐土原の近傍、[36]小牧村にて銀貨ならびに偽(ニセ)紙幣を製し、西郷隆盛は更に軍事に関係せず、山に入て狩などし、桐野利秋、逸見十郎太は百事〔諸事万端〕を担当し、賊将を近郷近在に派出し、米麦みそ類(るい)かつ鉄鉛を集め、頑固士族を煽動なすよし官軍に聞えしかば、さらば惣攻(そうぜめ)〔総攻撃〕に致すべしと諸将校協議ありて、日向路に発行〔出発〕ありけり。

十二編

再び説、日向口へ進軍せし三浦陸軍少将は隊兵を二タ手にわけ、宮崎の此方なる綾[1]川を前にあて、野戦砲を放しかけるに、賊将桐野利秋も数度戦場を往来なし、兵法に熟したれば、自ら進んで賊徒を指揮し防禦の術をつくすほどに、勝負さらに決せざりしが、警視隊の迂回兵は、あや川の上の瀬を越し、堤つづきの林の中より桐野の陣の側面を不意に襲いかかりしかば、賊兵おどろき崩れたつを、桐野は怒ってもり返さんと烈しく令をつたうれど、耳にもいれず敗走なすにぞ。余義なく桐野も引あぐれば、正面なる三浦の手も川をわたり、賊徒どもに息をつかせず尾撃なすにぞ、宮崎にても防ぎ難く、賊はこれまで本営とせし支庁のうちの兵粮などを打捨てはしりける。

さても宮崎を攻抜し三浦隊は佐土原に向い、大山[2]少将は尾久須口[3]を進撃し、萩原大警部の率せられし警視隊は[4]松尾山の賊をやぶり、山田少将の手は[5]一の瀬川〔一ツ瀬川〕にすすみ、[6]諸方の官軍一同に高鍋に攻入たり。このおり総督有栖川の宮は巡視として都の城にいたり給う。

同日、曽我〔祐準〕少将は[7]美々津口を進げきし、山田少将も[8]岸野より美々津に攻入、ついに同所をせめ落し、八月八日、山田少将の隊は[9]富岡新町〔富高新町〕の賊を破て分捕数多あり。

同じく十一日、野津少将は[10]綱瀬川をひそかに渡って[11]樫木とうげの賊塁を落したり。宮崎、高鍋、美々津、佐土原、いずれも暴徒が最手厚く胸壁または塁場を築き防禦なせしも、その甲斐なく、諸口の官軍勢いつよく、遂に各所を攻やぶられ、詮方なく[12]延岡城へ楯こもり、暴徒をわけて近傍なる[13]熊田、[14]無鹿村へ陣をはらせ、此所にて食とめ防ぐべしと備えを固めて待うけたり。斯と聞より各旅団は二タ手にわかれ攻よせる、道最嶮阻の[15]十日坂の難所を押行く〔進撃する〕おりからに、賊の副将村田新八、間道をめぐりつつ二百人余を四手にわけ、小銃は用いずして抜刀にて側面より不意に切入り薙立れば、官軍方も令をつたえ備えを立んとなしたれど、足場は悪しく、不意を打れて苦戦に及び、思わず知らず敗せしが、翌日、賊を追はらい、延岡に進み、逃る賊を尾撃なし、付入て延岡城を落せしかば、賊兵は熊田へ退きたり。

さても西郷隆盛は、味方破るるのみならず、篠原国幹はじめとして股肱〔心腹〕と頼みし人々も多く戦死し、その上に兵粮、弾薬、軍用金とも乏しければ、何ごとも心におもうなかばに至らず、我運命もこれまでなりと覚悟に及び、[16]この時まで召つかいし妾お花に若干の金を与え、永の暇をつかわすにぞ。お花は今さら別れをかなしみ、「何処までもお供いたすか、さなくば御手にかかりもせば彼世で君を待居るべし」と袖にすがり泣入るにぞ。不便〔不憫〕の者とは思いしが、心よわくて叶わじと、わざと詞をあららげて、「我討死のその折まで女を連しと云れては武士の一分〔面目〕立ず。未練ものめ」と叱りつけ、お花をひそかに落しける〔逃がした〕。

かくて西郷隆盛は、桐野利秋、村田新八、その余の隊長をあつめ、一同に打むかい、「当所熊田は地の利あしく、多くの敵を引受がたし。よって敵の虚をうかがい一方を打やぶり、鹿児島へ帰県なし、なお再興をはかるべし。この義いかが」と有ければ、何れも同意なせしほどに、討もらされし壮者の内、[17]三百余人を撰み出し、頃は八月十

八日、朝霧ふかきは屈竟〔好都合〕なれと、西郷、桐野二タ手にわかれ、別府新助、逸見十郎太、桂衛門〔桂四郎〕、池上四郎、貴島〔清〕、増田〔宋太郎〕ら隊長となり暴徒を指揮し、江の岳[18]〔可愛岳〕の嶮岨を登り、三好少将と高島大佐〔少佐〕が持場なる第二旅団の本営へ、不意にドッと切こんだり。官兵防戦なすといえども、窮鼠かえって猫を嚙む勢い、さながら猛火のごとく、難なく一方打やぶり、第一旅団の持場なる獅子川[19]の備えも破り、俵石[20]より三田井[21]にうち入、官金五千円その他米穀を掠奪し、米良[22]、須木[23]を経て、九月一日[24]、鹿児島城下へ乱入せり。

○ここに岩村〔通俊〕鹿児島県令は、この報知(しらせ)を聞とそのまま属官(したやく)と共に官金、書物(かきもの)などをまとめ、[25]高千穂丸に乗こみ長崎へ退かれ、巡査隊は海軍と一手になり、米ぐら〔藩の米倉〕へたてこもり、米俵を以て仮の胸壁をつき、待(まつ)間程なく、賊徒らは元より案内知ったれば、県庁をやきはらい米倉を攻ぬかんとはげしく奮戦なしたれど、官兵よくこれをふせぎ、屈する色はなかりけり。

○河村参軍は、大山少将ならびに別働第一旅団かつ吉村〔守廉〕少佐の一手と共に軍艦[26]に乗こみ、鹿児島へ上陸し、暴徒らが、城山及び旧私学校、二の丸にこもりたるを砲発し、春日艦、丁卯艦、孟春艦よりも烈(はげ)しく大砲を連発せしかば、暴徒は大いに困脚し、[27]城山の谷間(たにあい)へ洞嵓(ほらあな)をほり、その内にひそみて弾丸をふせぎける。また城山の方三里が間に堅固なる[28]竹柵(ちくさく)を二重にかまえたれば、賊徒は恰(あたか)も袋の鼠同ようなり。

時に明治[29]十年九月廿四日、官軍一同に城山の八方より攻のぼり、大小砲を連発し、城山なる諸塁を抜きとり岩崎谷(いわさきだに)をせめ下る。中にも陸軍少将東伏見宮(ひがしふしみのみや)は新撰旅団を指揮なすにぞ、賊の狼狽大かたならず、西郷隆盛も谷道をのがれんとす。それと見るより安村中佐〔安村治孝中尉〕、賊将まてと声をかけ、生(いけ)どらんと組付(くみつき)しに、西郷はピストルにて安村を打たんとし、互いに争うその折しも、小銃の玉飛来り、西郷は腰をうたれ、ピストル投付のがれしが、歩行ことならざれば、[30]別府新助、西郷の首を打、ひそかに土中にかくしけり。早これまでと桐野、別府、逸見、村田、桂をはじめ、いずれも討死なしにける。

○さる程に征討総督有栖川の宮は降参の賊徒らを寛大に御所置あり。岩村鹿児島県令、民を撫育あれば、西かいの浪全く鎮静、諸将凱歌をうたわれ、目出度御代を祝したり。

注

・典拠である新聞からの引用は、特に記さない限りすべて明治十年（一八七七）である。
・『東京日日新聞』は『東京日日』、『郵便報知新聞』は『報知』、『東京曙新聞』は『曙』と略記する。
・『西南征討志』（海軍省）は『征討志』、黒竜会編『西南記伝』（陸軍省）は『記伝』と略記する。

自序

1　二世柳亭種彦を名乗った初世笠亭仙果（高橋広道・一八〇四―六八）のこと。
2　牌官は稗官の転。小説家の意。直前の「耕し」の縁語で「作男（さくおとこ）」と戯訓を付す。
3　初世二世の柳亭種彦の蔵書癖に対し種（典拠）となる本を持たないことを貧農と自嘲する。
4　実際は、慶応三年（一八六七）の著作や明治九年にも『絵本　熊本太平記』などがある。
5　誤伝、誤聞、順番の齟齬、脱漏などの誤り。

初編

1　戦争の大義を問う「順逆」の語は、当時の新聞にまま見られ、それを踏まえた表現。

2　口供書(蓑田長僖、大山綱良)では私学校党による草牟田陸軍火薬庫襲撃は一月二十九日夜。
3　明治二年制定の位階制での正三位、恩賜の禄制の賞典禄で二千石は、公卿以下では最高。
4　西郷の下野に同調した一党が明治七年六月に旧鹿児島城内に創設し、もと近衛兵や砲兵を容れて篠原国幹が銃隊学校を、村田新八が砲隊学校を監督した組織。県下に分校もできる。
5　こうした西郷像は「毎日山野に出時…」(『曙』五月八日)など新聞でしきりに報じられた。
6　海軍省造船所のこと。明治四年に官有となった旧薩摩藩工場集成館は、明治五年に陸軍の鹿児島製造所となり、明治七年に海軍に移管された。ここは上記の経緯や草牟田の陸軍火薬庫と磯の海軍省造船所を混同した表現。
7　岩崎弥太郎創業で当時の社名は郵便汽船三菱会社。政府の保護下で海運業を独占した。
8　明治八年九月に政府が下付したスクリュー蒸気船。政府御用船として応徴(二月十三日)。
9　市街北東の地名(現・鹿児島市吉野町)。島津別邸に隣接し海軍省造船所があった。
10　最初の襲撃は一月三十一日夜、二度目が二月一日午後十時頃(「菅野覚兵衛届書」)。
11　本来は犬迫村。市来四郎『丁丑擾乱記』に「犬廻(犬迫)村ノ庫倉ヨリ」とある。仙果は典拠「イザコ村より…」(『報知』二月十三日)を「イサゴ村まで」と誤り、さらに『鹿児島征伐物語』(三月十九日御届)では「砂子村」と記す。解説参照。
12　以下、「陸路は何れも険阻…阿久根へ掛り長崎へ出る…」(『報知』二月十五日)に拠る。
13　典拠に拠る誤解。阿久根(現・阿久根市)から長崎は海路。陸路は熊本県水俣に通じる。
14　鹿児島湾にある火山島。当時は大隅半島と陸続きではない。

15　市街北東の稲荷川河口の埋立地。文久三年(一八六三)の薩英戦争で英艦が座礁した。

16　祇園之洲、新波戸、弁天波戸、南波戸、大門口、天保山などの台場があり、桜島側にも袴腰や赤水などの台場があった。

17　実際は豊臣秀吉の薩摩遠征で降伏。秀吉の薩摩攻めの話は当時の新聞種の一つで、講談の田辺南竜「太閤の薩摩責め」(『報知』三月二十二日)など芸能化もされた。

18　薩英戦争での英艦座礁や旗艦の艦長戦死を踏まえた誇張表現。実際は薩摩側の被害も甚大。

19　火薬製造所の所在地は、磯(注9参照)ではなく滝ノ上(注45参照)。

20　以下、「海軍省造船所なる磯の属舎に侵入し…」(『東京日日』二月十五日)に拠る。

21　官営の兵器製造修理工場で陸軍が薩摩藩から受け継いだ砲兵支廠分課鹿児島火巧所。底本では属廠に「しょくえい」と振り仮名。

22　エンフィールド銃。前装施条式(先込)の英国製小銃。戊辰戦争で多く使用された。

23　エンフィールド銃を後装の中心打式に改造した銃。

24　明治三年、政府から各藩に常備兵編成規則が出された。「島津氏の直隊をキンコ隊と号し三千人、桐野氏の組をソゲキ隊と号し三千人、西郷氏の組を元牛隊とて一万五千人」(『報知』二月十五日)と報じられた兵数は、規則が許可する人員を大きく上回る。

25　薩摩士族の教育組織で郷中のこと。仙果は「殺伐剛気の壮年」の意で用いる。

26　明治六年に長崎、同八年に熊本に架線され、九州の動静や戦況が中央に伝えられた。

27　慶応三年建艦(英国)、佐賀藩献納の軍艦。二月九日、鳳翔艦とともに横浜を出港。

28 明治元年建艦(英国)、山口藩献納の軍艦。底本の振り仮名は「ほうさく」。

29 石川は石井の誤記。石井邦猷権中警視。中警視は警視局職制の第二位。

30 政府から三菱に移籍された鉄製蒸気船。戦時にいち早く二月九日に応徴された。

31 開拓使から海軍に一時下付された運送用の鉄製蒸気船。

32 天皇警護の兵。ここは明治期軍制の近衛師団(東京)。

33 鎮台所属の予備役の兵。鎮台は明治前期の軍の駐屯地・軍政機関。

34 徴兵令で規定された陸軍兵種の一つ。主に小銃による白兵戦に従軍。砲兵は砲撃を担う。

35 薩軍が「内外の旅人も一切通行を許さず」(『東京日日』二月十一日)と「熊本の士族の中にて薩州へ脱走したるもの多人数」(同二月十三日)などを要約し文意に齟齬が生じている。

36 海軍大輔は海軍卿(当時は空席)の次位。当時は事実上の海軍最上位。

37 明治七年十月に英国から購入した海軍の鉄製運送艦。

38 現・広島県尾道市。『林友幸西南之役出張日記』には「尾ノ道ニ到リ各所へ電報」とある。

39 「熊本県の士族が…花岡山へ数名の士族集合…甘木町へ屯集」(『報知』二月十三日)に拠る。

40 熊本城の南西にある小山。薩軍の熊本城砲撃の拠点となった。

41 仙果は『絵本鹿児島戦記』(明治十年二月二十六日御届)では「筑前国甘木町」(現・福岡県朝倉市)として秋月の乱の舞台を想定。典拠を含め諸新聞が「甘木町」とするのも同じ連想に由来する。熊本にも甘木の字(あざ)(嘉島町、御船町など)はあるが、元来は「某町」であろう。

42 以下、『東京日日』(二月十三日)に拠る。宮崎の旧藩(延岡、高鍋、佐土原、飫肥(おび))は援軍

43　(党薩隊)を組織したが、柳川、佐賀、久留米の諸藩には組織立った動きはなかった。
44　典拠も高遠だが、不適当。飫肥とすべきところ。あるいは延岡藩領の高千穂の転訛誤伝か。
45　「佐土原旧知事の三男町田啓二郎…」(『報知』二月二十四日)。
46　現・鹿児島市吉野町滝ノ上。同所で「二月初旬頃ヨリ…弾薬製造」(「川上親兵口供書」)。
47　薩摩藩は江戸期に真宗を禁じた。理由には諸説ある。
　　明治九年の信教自由の布達による真宗僧の鹿児島布教は開戦前から新聞で報じられた。

二　編

1　「昨年も真宗東派の別院…」(『東京日日』二月二十七日)に拠る。真宗東派別院は、真宗大谷派の細川千巌が明治九年十一月に松原町に開設した鹿児島別院。なお、真宗本願寺派と真宗興正派の別院もある。
2　張紙。「十二月中旬頃、再三真宗ノ僧侶…等ト張紙アリ」(「観善寺住職立花超玄上申書」)。
3　「二月六日…第一分署ヨリ三、四十名計(ばかり)帯剣ニテ押込、大洲ハオルカト…」(同右上申書)。
4　明治七年一月から神戸経由で東京と琉球藩を結ぶ郵便船が就航。
5　三菱が明治三年十月に高知藩から購入した鉄製のスクリュー蒸気船。
6　「鹿児島にて丸木船と唱える小船」(『東京日日』三月二日)。
7　櫓数が多く速力が出る船。
8　典拠(『報知』二月二十四日)を誤解。広瀬は事務長の広瀬魁吉(『三菱社誌』)であろう。

9 「船長なる外国人」(『東京日日』三月二日)を潤色。船長は蘭人 H. Hubenet(『三菱社誌』)。
10 新橋停車場に近い愛宕下町(現・港区新橋三～六丁目一帯)。
11 権少警視は権少警部の誤り。権少警部山崎基明は西郷暗殺を疑われ私学校党に捕縛された。
12 一月半ばからの帰県巡査の密謀説(『丁丑擾乱記』二月五日)は私学校暴発の一因。
13 天皇の行幸時の滞在所である行在所(あんざいしょ)から出された布告。
14 明治二年七月に太政官制の一省として設置、宮中関係の事務全般を扱う。
15 明治前期の職制で後の内閣制度に引き継がれる。
16 出羽国鶴岡(旧庄内藩。現・山形県鶴岡市)。旧庄内藩士族の動静も当時の新聞種の一つ。
17 熊本敬神党。明治九年十月二十四日に決起し熊本鎮台を襲撃する。官軍が鎮圧した。
18 池辺吉十郎の学校党と宮崎八郎の民権党は神風連の乱に加担せず、西南戦争で決起した。

三 編

1 『東京日日』(二月二十一日)に拠る。篠原の第一大隊と村田の第二大隊の出発は二月十五日。
2 出発時の第三大隊長は永山弥一郎、池上(いけのうえ)は第五大隊長。
3 藩主の島津家を暗示する。「或旧知事公モ後軍ニ出張」(『丁丑擾乱記』)などの巷説があった。
4 薩軍の一大隊は約二千人。人名は典拠に拠るが、別府新助(晋介)以外は大隊長ではない。
ただし本作では大隊以下の部隊にも大隊の語を用いる。
5 寺田屋事件で死んだ薩摩藩精忠組の弟子(でし)丸竜介(まるりゅうすけ)に因む名であろう。

6　大洲は本願寺派。典拠『東京日日』(二月二十七日)の「真宗東派ノ別院」に由来した誤り。
7　「生臭坊主の首…血祭り団子」(『東京日日』三月一日)などに拠るが、史実ではない。
8　ここは人吉(現・熊本県人吉市)経由で球磨川沿いに八代(現・熊本県八代市)に通じる道。
9　底本では「みずまた」と振り仮名。ここは水俣(みなまた)(現・熊本県水俣市)経由で海沿いに八代に通じる道(薩摩街道)。
10　ここは鹿児島から宮崎経由で大分に行く道。以下『報知』(二月二十一日)に拠る。
11　天草は熊本県(肥後)だが、長崎奉行が管轄した天草は、慶応四年には長崎府に併合された。
12　熊本県阿蘇郡宮地(現・阿蘇市)。なお、八代郡宮地村(現・八代市)もある。
13　明治七年建艦(英国製)、明治九年の天皇巡幸の御座船。派遣中止で出船しなかった。
14　弁天浜三井銀行旧支店に臨時海軍事務局を置き、通信や艦船の便を図った(『征討志』)。
15　征討総督本部で戦争全体の軍略を担当する参謀職(明治元年制定)。
16　以下、『東京日日』(二月二十七日)に拠る。薩摩藩で同僚だった中山と大久保の関係については、市来四郎の談話を筆写した『故中山中左衛門君の事蹟概話』(明治二十六年)に詳しい。
17　典拠では中村兼忠。鹿児島県中属の中村兼志(『官員録』明治十年三月)か。
18　旧制の東京警視庁第三局と当時新設の東京警視本署第三課が混交した表現。
19　「鹿児島県士族吉川次郎は先年中大久保内務卿の執事なり」(『東京日日』二月二十四日)。
20　『報知』号外(二月二十五日)の「千反畑京町辺の戦」と「篠原の一隊は安政橋より坪井町へ」の別記事を一文にする。安政橋方面は、実際は池上四郎率いる第五大隊が主力。

21 安政四年(一八五七)架橋に因む。安巳(やすみ)橋とも。熊本城から南東への要路で白川に架かる。
22 底本は「千反畑(だんはたけ)」。城の東の藤崎八幡宮の門前町。安政橋上流の明午(めいご)橋に近い。
23 城の北の京町台地にあり武家屋敷が多い。坪井町は千反畑と京町の間で地勢的には不自然。
24 本郷は本荘(ほんじょう)(現・熊本市本荘)の誤り。長六橋と安政橋の間、白川の南岸に沿う。
25 熊本城の東北方面に接する城下町(現・熊本市坪井町・内坪井町・南坪井町)。

四編

1 「行在所達第二号」の本文にある「可致(いたすべく)モ難測(はかりがたく)候条」を読み誤る。
2 長崎から東の網場(あば)(現・長崎市網場町)方面に越える長崎街道の峠。西の箱根の俗称がある。
3 対岸に島原半島があり、天草灘に臨む茂木(現・長崎市茂木町)周辺の海岸。「茂木浦へ上陸せしを十四人捕縛」(『東京日日』二月二十二日)。
4 以下、「久留米にて賊徒六名捕縛…」(『東京日日』二月二十三日)と本編注3の典拠を混同。
5 「賊地に在る迎陽丸、野茂丸、舞鶴丸を海軍にて奪取り…野茂、舞鶴の二船は肥前肥後の近海を乗り廻りし小汽船」(『東京日日』二月二十八日)。
6 現・熊本県八代市日奈久(ひなぐ)。交通の要所で薩軍駐屯地だが、天草でも岬でもない。「肥前天草の東なる日奈久の沖合にて難なく奪い取り」(『東京日日』二月二十七日)から付会した表現。
7 明治三年に熊本藩が購入し献納した英国製軍艦。当時の海軍の主力艦。
8 竜驤艦は外輪がないコルベット艦。実際に迎陽丸を拿捕したのは浪花丸(『征討志』)。

9　以下は、『報知』(二月二十七日)、『東京日日』(三月八日)に拠る。
10　明治八年九月、旧郵便蒸気船会社から三菱に下付された英国製の小蒸気船。
11　佐賀県人所有の小蒸気船(『征討志』)。
12　実際には熊本鎮台には騎兵隊の部隊はない。
13　この場面の篠原像は、薩軍の宇都宮良左衛門が「憤激措かず、単身赤旗を揮い、法華坂に向て猛進」(『記伝』)した事件を連想させる。五編には「法花坂まで繰込」む篠原も描かれる。
14　城の南西にあり、明治五年に解体された。小楯にする門はないが、激戦地となる。
15　明治九年建艦の日本製軍艦。『報知』(三月六日)などに拠るが、『征討志』でもほぼ同じ。
16　鹿児島県東部の旧国名。典拠にはない。上陸地は「盗人島(肥後)」(『征討志』)。
17　八代の焼き払いと居留地警備は典拠(『報知』三月八日)の誤読。典拠では熊本と長崎の話。

五　編

1　現・山口県下関市。以下は、『報知』(三月十二日)の三つの雑報を一連の話に仕立てる。
2　堂島川の玉江橋は、堂島と中之島を結ぶ。西横堀川の京町橋は、横堀と京町堀通を結ぶ。靭(うつぼ)は、京町堀、阿波堀、西横堀川に囲まれた一帯。万字が辻は、堂島永来町の東の辻。
3　居留地十番地のグッチョウ商会の建物。フテーヨンはグッチョウ(Gutshow)の転訛か。
4　西郷は篠原の一番大隊の小隊長、中島は二番大隊の小隊長だが、史実とは一致しない。
5　京町は熊本城の北、大手門は熊本城の南。京町口大手通りという一つの場所はない。

6　訓の telegraph は電信機、それを地雷爆破用の打電装置の意に転用し雷機の字を当てる。

7　熊本城の南、新町方面と二の丸を結ぶ坂。攻城戦で当初から激戦があった。

8　熊本城の南西辺に接する町名。

9　法華坂下の地名の一日亭を『東京日日』(三月十五日)は一口亭という家に解し、仙果はそれをさらに料理茶屋と解している。

10　鎮撫使は戊辰戦争時の臨時の征討官、ここはそれを襲用した表現。

11　参議は太政官制下で内閣を構成し、政策決定に当たった。

12　以下は「外郭に一ヶ所の抜け道あり」云々という「婦人の咄し」(『東京日日』三月十五日)の潤色。熊本城の抜穴は「古来、頻(しき)りに口碑の伝称する所」(『熊本市史』昭和七年)。

13　現・熊本県玉名郡玉東町木葉(このは)。「熊本より五里余」(『東京日日』三月三日)とあるが、直線なら二里余程。

14　乃木希典率いる熊本鎮台小倉分営の第十四連隊が主力の部隊。

15　現・熊本市北区植木町。「熊本より二里余。人家三、四百軒も有て可なりに繁華なる宿駅なり。此所は菊地○山鹿○高瀬などより攻め来る敵を防ぐには一要地」(『東京日日』三月三日)。

16　現・熊本市北区植木町轟(とどろき)。田原坂の麓(北)で薩軍と対した官軍の左手(東)になるが、七本の台場で待ち受けたのは薩軍。田原坂攻防戦の要で現在は薩軍墓地と官軍墓地がある。

17　底本の訓は「たはらざか」。薩軍がいた植木側から三の坂、二の坂、一の坂と下る。「植木と木ノ葉の間に在る坂なり。随分要害の地にて両傍は小山続きの七、八丁計(ばか)りの坂」(『東京日日』三月三日）。西南戦争随一の激戦地で、現在は熊本市田原坂西南戦争資料館がある。

18　銃身が「筒先上り」になるのは官軍側、本文では両軍の位置が事実と逆になる。

六　編

1　別府九郎は、村田新八率いる第二大隊の十番小隊長で桐野率いる第四大隊ではない。

2　史実ではないが、肥後の風聞（『東京日日』三月二十六日）は実録物や錦絵にも反映した。

3　現・熊本市北区鹿子木（かのこぎ）町。薩軍による向坂攻撃の拠点。

4　巻頭地図2参照。現・熊本市北区植木町・同小糸山町一帯。二月二十二日夜、薩軍の村田隊と官軍の乃木隊の戦闘があり、乃木隊の第十四連隊旗が薩軍側に奪われた。

5　乃木が向坂の民家の放火を命じた（『乃木少佐日記』）。

6　福岡との県境の交通の要所（現・玉名郡南関町）。以下『東京日日』（三月二十二日）に拠る。

7　現・熊本県山鹿市。田原坂とともに激戦地の一つ。

8　明治七年までの村名、当時は三津川村（現・熊本県玉名市三ツ川）。

9　南関の西南に位置する小岱山（しょうだいさん）西麓の村（現・熊本県荒尾市府本）。

10　「眼ヲ開テ熊本籠城ノ形状ヲ見ヨ」（『東京日日』二月二十六日）など籠城戦と報道された。

11　白川に架かり城下から南部方面への交通の要所。慶長六年、加藤清正の架橋と伝える。

12　加藤清正霊廟がある日蓮宗の寺院（熊本市西区花園）。薩軍が駐屯し一帯は西南戦争で焼失。

13　前原一誠の煽動による神風連の挙兵は風説。

14 神風連の装束は、新聞記事や実録物でも旧弊と揶揄され、挿絵や錦絵の好画題にもなった。
15 鎧・甲冑を着ない戦争用の装束。
16 御幣を戦場用の旗印に仕立てたもの。
17 「廿三日廿四日は休戦」(『東京日日』三月二十二日)に拠るが、記事は山鹿と特定しない。
18 二十五日は薩軍の山鹿進撃の日、鍋田村(現・熊本県山鹿市鍋田)での開戦は翌二十六日。
19 当初の山鹿守備は、熊本鎮台小倉分営(第十四連隊)第一大隊の津下弘少佐の支隊。
20 桐野は、豊前街道と隈府(わいふ)街道から山鹿に進撃する。
21 現・玉名市高瀬。二月下旬の激戦地。
22 両鎮台は仙果の誤解。典拠の「福岡鎮台」は熊本鎮台小倉分営(第十四連隊)を指す。
23 伊倉北方村・伊倉南方村(現・熊本県玉名市伊倉)。
24 玉名郡玉名村字西原の一部(現・玉名市玉名)。官軍の野戦本営があった。
25 菊池川に合流する支流だが、新聞記事では菊池川本流を指す場合も多く、ここも同様。
26 現・玉名市安楽寺と現・玉名市寺田。『征西戦記稿』の同日の記事にも放火の記録がある。
27 玉名大神宮(現・玉名市玉名)のこと。官軍本営北東の後背地で桐野の部隊が陣を置いた。
28 高瀬(玉名)から河内(現・熊本市西区)を経て高橋(現・熊本市西区)に通じる道。
29 第十四連隊旗が奪われた事件(本編注4参照)を踏まえるが、野津の奪還は事実ではない。
30 現・熊本市南区川尻(かわしり)。一時、薩軍の本営が置かれた。

七編

1　張飛は、三国時代(中国)の蜀の将軍、史書や文芸を通じて周知の勇猛ぶりに仮託した表現。
2　典拠『曙』(三月十六日)では村田新八を指すが、仙果は村田三介と誤解して潤色。
3　一般に官軍の抜刀隊が有名だが、当初は官軍が薩軍の抜刀隊に苦しんだ。
4　吉次峠(現・熊本県玉東町原倉)。吉次越。田原坂西方の薩軍の防衛要地で激戦地となった。薩軍側の熊本隊一番小隊長として参戦した佐々友房の漢詩「吉次峠戦」でも知られる。
5　巡査志願兵で編制した部隊。「東京巡査百名を撰み抜刀隊と名け」(『東京日日』三月十六日)。抜刀隊の活躍は新聞・実録・錦絵に描かれ、後に唱歌「抜刀隊」でも広く知られた。
6　大窪村(現・熊本市清水町大窪)。熊本城の北に連なる京町台地の北端に位置する。
7　現・熊本市北区植木町木留。田原坂攻防戦時に薩軍の本営が置かれた。
8　右手のことだが、植木方面から吉次峠に向かう場合には木留は左手になる。
9　現・熊本県玉東町原倉。吉次峠攻防戦では官軍の本営が置かれた。
10　地の利は薩軍にあり、薩軍側で守備した佐々友房の「君不見吉次嶮々於城」は有名。
11　「篠原の遺髪を鹿児島に持帰りし…本多久左衛門と云える者」(『東京日日』三月二十一日)。
12　当時の大区小区制の表記で阿蘇一帯。牧野は典拠「第十一大区内牧の辺」(『報知』三月七日)の地名内牧を「大区内牧の」とし牧野を当てた誤り。農民騒擾自体は事実である。
13　一揆や強訴で藁などを畳状に編んだムシロを竹竿などにつけ旗代わりに掲げた。

14 戸籍法制定(明治四年四月)にともなう事務の必要から置かれ、農民騒擾の標的になった。
15 阿蘇外輪山西側中央部の峠(現・熊本県阿蘇市)。三月十八日以来、薩軍と警視隊中心の官軍が激戦した。
16 駅逓寮から三菱に下付(明治八年)され、西南戦争で応徴されたスクリュー蒸気船。
17 鹿児島藩献納(明治三年)の英国製軍艦で当時の代表的な外輪蒸気船。
18 鹿児島城下に面した海。「午前七時頃汽艦二艘前ノ浜へ入港」(『磯島津家日記』明治十年三月八日)。
19 勅使上陸は十日。十一日としたのは典拠の「十一、十二の両日は同所に滞留」に拠る。
20 「西浜町の高崎嘉一郎方へ止宿」(『東京日日』三月二十八日)を残留と誤解、西浜町は長崎。
21 警視局から檜垣直枝少警視を司令に豊後方面に派遣された部隊。二重峠で薩軍と激戦。
22 熊本(熊本市)から阿蘇を経て大分(大分市鶴崎)に通じる街道。熊本藩の参勤交代路の一つ。
23 以下、「田原坂の戦は今十四日の早朝より」(『東京日日』三月二十四日)を踏まえる。
24 「田原坂の戦は本街道の横手より電信柱の辺まで」(『報知』三月二十日)。
25 田原坂と吉次峠の間にある小山。「計り難き程の要地なり」(『東京日日』三月二十八日)。
26 山鹿戦闘(三月十二日)を伝える。典拠(『東京日日』三月十九日)の「十六日発」を戦闘日と誤解。
27 現・熊本県玉名郡和水(なごみ)町岩村。山鹿方面に展開する官軍の軍営地。
28 岩村から鍋田村西方の台地。中央を貫く豊前街道の「東端が車坂」(『三加和町史』)。

29　現・熊本県山鹿市鍋田。車坂は「「車がえりの坂」…略して車がえり」(『三加和町史』)。

八　編

1　以下、田原坂の戦闘報告「戦報採録」(『東京日日』三月二十九日)を山鹿方面に付会する。
2　「暗さは暗し何処に戦ありと当て所も附かず」(「戦報採録」)という官軍の様子を薩軍に転用。
3　官位褫奪の行在所達第六号(三月十七日付)は『報知』『東京日日』(三月二十一日)に掲載。
4　以下、大分県収監の神風連一統の脱獄話(『仮名読』三月二十一日)を付会する。
5　十九日は、典拠『報知』(三月二十一日)の電報の日付。「十八日午前五時四十五分伊東指揮官春日艦ヲ率イテ長崎ヲ発ス。扶桑金川玄海ノ三船モ」(『征討志』三月十八日)。率いたのは海軍少将伊東祐麿。
6　典拠も玄武丸だが、実際は三菱所有の米国製汽船の玄海丸。扶桑丸も戦時応徴の三菱所有の英国製汽船。丁卯艦は、第二丁卯艦で山口藩献納の英国製軍艦。
7　現・熊本県八代市二見洲口町。三月十九日、高島鞆之助大佐率いる別働第二旅団の上陸地。
8　現・熊本県玉東町二股。木葉川を挟み田原坂に臨む台地。田原坂攻撃の官軍軍営地。
9　前装式の銃。「雨降ると先込めの早子(はやごう)(硝薬包)湿いて装す可からず」(『報知』四月十一日)。
10　「(二十二日発)賊山鹿を捨て…」(『東京日日』三月二十三日)と「一手は隈府迄(まで)。一手は植木街道を引揚げ」(『報知』同日)に拠る。日付は発信日。官軍の山鹿占領は三月二十一日。
11　現・菊池市隈府。山鹿から隈府街道が通じる。植木街道は山鹿から植木に到る。

12　現・八代市鏡町。八代の中心部からは北に位置し氷川の下流域。

13　現・熊本県八代郡氷川町宮原。鏡町からは東に氷川を遡った位置になる。

14　桐野の記述は『東京日日』(三月二十六日)などに拠る潤色。八代方面の指揮は永山弥一郎。

15　「(二十四日発)山鹿口は小迫り合い…賊兵はトリノス、タカエ、ヒロオ、オオツ、辺に胸壁を築き」(『東京日日』三月二十六日)。鳥栖(現・熊本県合志市鳥栖)、高江(現・菊池市高江)、弘生(現・合志市弘生)、大津(現・菊池郡大津町)は、いずれも薩軍の防衛拠点。

16　以下、二月二十五〜二十七日の高瀬の開戦記事(四九頁)を三月として誤って挿入している。

九　編

1　現・大分県中津市。「大分県下暴動の巨魁は豊前中津の田舎新聞の社長増田宋太郎…」(『東京日日』四月十二日)、「暴徒の巨魁は…増田宋太郎と代言人の後藤順平」(同十三日)。

2　中津旧城内の大分県支庁。明治九年八月、中津(下毛郡)は福岡県から大分県に編入された。

3　宿直していた八等属・堺田譲が殺害された。

4　下毛郡田尻村(現・大分県中津市田尻)、錆矢堂(さびやどう)(池永村の字、現・中津市下池永の小字)、相原村坂手隈(現・中津市相原の小字)、小犬丸(現・福岡県築上郡吉富町小犬丸)。

5　支庁長・馬淵清純、五等属・堀兼元修の寓居、中津警察署や署長・堤正峯の宿泊所を襲撃。

6　以下、『報知』(四月二十五日)の記事から被害額の大きい三軒を抄出している。

7　宇佐郡水崎村(現・大分県豊後高田市水崎)。

8　豊後高田の一党も参戦し、四月二日に旧大分城内の県庁を襲撃した。

9　中津から現・宇佐市四日市を経て日出(ひじ)(現・大分県速見郡日出町)に向かう道。

10　典拠『東京日日』(四月十二日)の「海岸に添いて」を名詞化した表現。

11　現・豊後高田市高田に通じる通り。豊後路は、ここでは日出・別府経由で大分に向かう道。

12　現・福岡市城南区七隈(ななくま)。福岡党を追討する官軍側の陣地となった。

13　「廿九日福岡に着。翌朝明石釜(いしがま)村に至る…翌日曲淵(まがりぶち)イイバよりシツセノ峠を越え」(『東京日日』四月六日)に拠る。翌朝明を翌朝とし明石釜村と誤る。石釜村は現・福岡市早良区石釜。

14　三瀬(みつせ)峠。福岡から背振(せぶり)山系を佐賀に越える峠。

15　現・福岡市早良区曲淵と現・福岡市早良区飯場。典拠の「イイバ」を飯田に誤る。

16　典拠のシツセノの宛字。シツセノはミツセノの誤記。福岡と佐賀県境の三瀬峠のこと。

17　『東京日日』(四月十七日)に拠るが、大幅な省略がある。原田(はるだ)は現・福岡県筑紫野市原田。

18　電信は官軍側の情報戦の主力として活躍し、その点で薩軍とは懸隔があった。

19　現・福岡県朝倉郡筑前町夜須(やす)。「官兵阿弥陀ヶ峰…ヨリ道ヲ分テ来攻」(「花房庸夫・丹羽哲郎連署上申書」)。

20　現・福岡県朝倉市秋月。福岡党には秋月の乱(明治九年十月)の地で再挙する計画があった。

21　太宰府天満宮(福岡県太宰府市)北東の山岳信仰の霊山。秋月からは北西に約一五キロ。

22　大分、福岡両県下となるべきところを廃藩置県時の旧県名を用いた表現になっている。

23　「木葉の戦に賊軍中より廿五、六とも覚しき一婦人紫縮緬に額を縛し…戦いし有様は巴御前(ともえごぜん)

か板額か」(『報知』四月十一日)などの風説は新聞種で錦絵の好画題にもなった。

24 柄の部分に銀を細く螺旋状に巻いてある薙刀。
25 「八日熊本城兵突出の一大隊…サクラ山に沿うて…台兵死傷三名」(『報知』四月十六日)。
26 城の濠にもなる坪井川に架かる。城から東側(現・熊本市城東町・上通町)への出入口。
27 城の東側の城下で南北に通じる町。今の上通り・下通りの西側筋。
28 現・熊本市秋津町秋田・東野。熊本から中牟田、六嘉を経て御船街道に通じる。
29 六嘉(現・熊本県上益城郡嘉島町)。御船川、加勢川、矢形川に挟まれた地。
30 熊本から南東の御船に至る街道。馬見原を経由し宮崎県に至る日向街道に連なる。
31 緑川。阿蘇外輪南部から多くの支流を集め、薩軍本営地の川尻を経て宇土で有明海に注ぐ。
32 下益城郡隈荘村(現・熊本市南区城南町隈庄)。
33 木原山。官軍は木原山を経て宇土に入る。典拠のサクラは電文キハラの紛れか。
34 現・熊本県宇土市。
35 現・港区芝四・五丁目辺り。以下は『東京日日』(四月十六日)と『報知』(同)に拠る。
36 現・港区麻布永坂町。薩摩藩邸があった。
37 現・墨田区横川三丁目。
38 現・港区赤坂二丁目。
39 明治六年三月、旧寛永寺境内の丘陵地を宮内省管轄の公園とした。
40 上野山下にあった有名な料理屋(現・台東区上野四丁目辺り)。上野戦争(慶応四年)で彰義隊を攻撃する官軍(薩摩兵)が銃砲を撃つ陣営として利用した。

41　「角力頭取朝男山市五郎」一行の薩軍加担記事(『報知』三月二十六日)がある。力士の活躍は秋月の乱の錦絵や「鹿児島新聞山鹿戦争之図」(安達銀光)など西南戦争錦絵の好画題。

42　小野村(現・熊本市北区植木町小野)。

43　吉次峠から南西の三ノ岳は「その近傍にて第一の高山」(『東京日日』四月十一日)だが、『東京日日』(四月十日)の付図「植木周辺激戦地」(巻頭地図2参照)は半高山(はんこうやま)を三ノ岳と記す。ここも半高山のこと。

44　現・熊本市北区植木町滴水。「賊の焚出所を焼払い滴水より大砲にて辺田野の賊を砲撃せり」(『東京日日』四月十一日)。

45　現・熊本市北区植木町辺田野。田原坂が攻略された後の激戦地の一つ。

46　「樺山久兵衛口供書」には「淵辺群平ト倶ニ弾薬器械取寄ノ為メ鹿児島ニ来ル」とある。

十編

1　現・鹿児島県姶良(あいら)市加治木町。

2　熊本県南部の球磨(くま)盆地を貫流し八代で海に注ぐ一級河川。表記は典拠記事に由る。

3　「宮崎県の長官」(『東京日日』四月二十七日)に拠るが、正確には都城県参事。

4　近衛兵の赤帽は周知で、薩軍は「一雨、二赤帽、三大砲」(『報知』四月十一日)と恐れた。

5　『源平盛衰記』の義仲の牛攻めに通じ、錦絵でも好画題。肥後の赤牛は熊本牛の通称。

6　緑川と加勢川が合流する辺りより下流を指すが、実際の戦闘は緑川河口近くに注ぐ天明新川を含む。

7　四月十二日から十三日にかけ、船により渡河した別働第二旅団の部隊と薩軍が緑川下流域(現・熊本県宇土市走潟(はしりがた)町、熊本市南区川口町)で激戦した。

8　ここは熊本県の中央部を御船から馬見原経由で宮崎県に向かう道。

9　現・熊本県上益城郡御船町。河川交通が盛んな農産物の集散地として栄えた日向街道の宿駅。四月十二日、高島大佐の別働第一旅団と川路少将の別働第三旅団が占領した。

10　四月十五日、別働第二旅団を含む衝背軍の主力が熊本城に入城した。暴徒の陣に放火というのは『東京日日』(四月十七日)の記事を官軍側のこととして潤色する。

11　四月十四日、別働第二旅団の山川が率いた選抜隊が熊本城に入り籠城軍と連絡がついた。

12　正しくは加勢川、熊本の水前寺に発し江津湖を経て木山川などと合流し緑川に注ぐ。

13　熊本城二の丸前の古城町。臨時県庁は、御船、南関、高瀬など移動した。

14　鹿児島開戦は五月五日未明、諸新聞も五日と報じる。

15　現・鹿児島市武。西郷の家があることは『東京日日』(五月十七日)などで報じている。

16　甲突川下流の橋で官軍側防禦の要地。侵入路は『東京日日』(五月十八日)の地図に掲載。

17　現・鹿児島市城山。西南戦争最後の激戦地で南側山麓の城内に私学校があった。

十一編

1　それぞれ現・鹿児島市郡山、伊敷、田上、武に当たる。典拠（『東京日日』五月八日）の「鹿児島近傍」を城下の近傍でなく県の近傍と誤解した表現。

2　「静間少佐鹿児島県下ヤマノに於て開戦」（『東京日日』五月九日）に拠る。静間は三間（三間正弘）の誤り。カタカナ電文のミツマがシツマと誤まったと推測される。ヤマノは三間の駐屯地の山野村（現・伊佐市大口山野）。三間のいる第三旅団の記事を鹿児島方面と混同する。さらにヤマノを山添いと誤解する。

3　現・鹿児島市荒田の南で川路の部隊とするのは典拠（『東京日日』五月十一日）の誤読。

4　薩軍が間道から「背後ヲ襲ウ」（『征討志』五月五日）ことがあり、それが逆になっている。

5　「賊は伊藤岳村を指て逃げ走る」（『東京日日』五月九日）を誤読。典拠の伊藤も伊敷（いしき）の誤記、岳村は日置郡岳村（現・鹿児島市郡山町）あるいは武村（西郷の実家の地）であろう。

6　「隊長能勢弥九郎を打ち取り」（『東京日日』五月十一日）の表記から生じた誤り。

7　典拠の能勢弥九郎の記事の直前の「賊二十六名を斃す」に拠るが、本来は別の記事。

8　「本月十二日午後六時賊四五十名突然重岡ニ襲来シ巡査仮屯所ヲ砲撃ス」（『戦記稿』）。

9　大野郡重岡村（現・大分県佐伯市宇目町重岡）。

10　萩原貞固三等大警部。五月十八日、警視隊七百名を率い東京を出発。

11　鹿児島出身の二等中警部・宮内盛高。実際は引率していない。

12　現・熊本県球磨郡五木村の国見山。ここは別働第二旅団の記事「十七日の戦いにて国見山の要害に…」（『東京日日』五月二十一日）を萩原部隊の記事として付会。

13　高岳(現・熊本県水俣市)のこと。「水股タケタカ山にて…」(『東京日日』五月十七日)。

14　阿蘇郡馬見原村(現・熊本県上益城郡山都町)。水俣からの逃走地としては不自然で典拠(『東京日日』五月十八日)の誤読。ただし薩軍の馬見原逃走は新聞に頻出する話題。

15　河野敏鎌を所長に長崎に設置され、その支庁が鹿児島と宮崎に置かれた。

16　典拠(『東京日日』六月二十二日)は五木口、山川は選抜隊を含む部隊全体の指揮を執った。

17　陸軍下士官を養成する教導団の下士で編制された三中隊から成る部隊。

18　松香山。「一名黒田山」(「征西戦記稿附録地名箋」)。「松香山ハ特ニ要衝ナルヲ以テ賊、堅牢長大ノ堡塁十一ヲ列築」(『戦記稿』五月二十九日)。

19　現・熊本県球磨郡相良村川辺、同深水(ふかみ)(深江は誤り)、ともに球磨川に注ぐ川辺川の流域。

20　瀬戸山(現・熊本県球磨郡相良村)。摩の略体の广と戸が紛れた。

21　人吉城は球磨川南岸で川を北にうける。「人吉城は川の南方」(『東京日日』六月二十五日)。

22　熊本県の人吉から宮崎県境へ越える峠および地名(現・宮崎県えびの市加久藤)。薩軍の人吉撤退は六月一日のこと。

23　内務省臨時募集の巡査や志願巡査を中心にした警察中心の旅団。後に別働第三旅団を併合。ただし七月二十日鹿児島着で、ここは豊後口徴募警視隊(本編注10参照)と紛れている。

24　熊本と鹿児島の県境の鬼ケ岳攻撃の記事(『東京日日』六月八日、十日)を豊後方面に付会。

25　現・大分県臼杵市臼杵。「海陸の官軍臼杵の賊巣を大攻撃」(『東京日日』六月十四日)。

26　日進はオランダ建艦で佐賀藩献上の軍艦。浅間は開拓使(北海丸)から移譲された軍艦。

27 臼杵城、水ケ城、城井山(現・臼杵市)などに陣した。
28 宮崎方面だが、以下は『東京日日』(七月五日)に拠る鹿児島の大口攻撃時の話題。
29 高島少将とするが、高島信茂少佐。高島少佐は大口戦で別働第二旅団の部隊を率いた。
30 坊主石山と高熊山(現・鹿児島県伊佐市)。大口に陣取る薩軍の要地で六月中旬の戦地。
31 加久藤盆地の東部(現・宮崎県えびの市)。『東京日日』(七月五日)に拠る。
32 飯野の東で霧島連山の北東麓一帯(現・宮崎県小林市)。
33 鹿児島・宮崎両県にまたがり、韓国岳、大幡山、新燃岳などを含む霧島連山のこと。
34 牛尾(現・伊佐市大口牛尾)のこと。高熊山の北西麓に当たる。
35 現・宮崎県都城市。都城盆地一帯。
36 当時の鹿児島県那珂郡下那珂村の小字(現・宮崎県宮崎市佐土原町下那珂)。典拠(『東京日日』七月十九日)に拠るが、いわゆる西郷札の製造は広瀬(現・佐土原町下田島)とされる。その噂は折々新聞種になった。

十二編

1 ここは大淀川支流(上流)の綾北川と綾南川一帯。七月中旬から別働第二旅団が展開した。
2 「大山その他の賊塁数箇を抜きたり。オグス口も…」(『東京日日』八月六日)の大山(現・宮崎県西臼杵郡日之影町大山)を大山巌少将と誤解した表現。
3 尾楠(現・宮崎県日之影町大楠)方面。

4　大分（佐伯市蒲江）と宮崎（延岡市北浦）県境の山。
5　熊本県球磨郡との県境を成す市房山の東麓に発し、佐土原（現・宮崎市）で日向灘に注ぐ。
6　「諸道斉しく進撃大勝利。破竹の勢にて午前十時遂に高鍋に進入」（『東京日日』八月六日）。
7　現・宮崎県日向市美々津。耳川の河口に位置する。
8　鬼神野村（現・宮崎県東臼杵郡美郷町南郷）。表記は「別働第二旅団の兵岸野より」（『東京日日』八月十三日）に拠る。「七日ヲ以テ鬼神野ヨリ突出…薄暮富高新町ニ入」（『戦記稿』）。
9　現・宮崎県日向市富高。一時薩軍の本営で八月二十一日に総督本営が移った。
10　五ヶ瀬川の支流。「綱瀬川の満水を渡り…賊カイノ木に拠る」（『東京日日』八月十七日）。
11　現・宮崎県延岡市北方町曽木。典拠のカイノ木は、曽の旧字曾と会の旧字會が紛れ會木に当てた訓。それを樫木と付会。曽木では、野津の第一旅団の部隊が八月十三日に典拠同様の戦闘を展開した。
12　五ヶ瀬川河口の中洲丘陵地にある。「十四日午前八時延岡落城。賊熊田へ引揚」（『東京日日』八月十八日）。
13　現・延岡市北川町の地名、ここは北川中流域の当時の川内名村一帯を指す呼称。
14　現・延岡市無鹿（むしか）。北川河口部に当たる。八月十五日、官軍が制圧。
15　堂坂のこと。表記は「別働の正面は十日坂を奪い」（『東京日日』八月二十日）に拠る。薩軍が陣した和田越の西南の地名（現・延岡市稲葉崎町）。
16　同様の記事が『朝野』（九月八日）にあるが、愛妾の名はお杉。岡谷繁実・木下真弘「西南之役懲役人質問」(明治十三年)には「問、西郷愛妾お杉…答、決テ之ナキコトナリ」とある。

17 以下、「三百人計(ばかり)窃に険阻なる江ノ滝山に攀じ登り」(『東京日日』八月二十七日)に拠る。

18 薩軍は、可愛岳の東麓から頂上南の絶壁を西に進み、官軍の出張本営を突破した。

19 「獅子川(中ノ瀬川即ち祝子(ほうり)川の上流)に衝き破り…俵石越(山裏通)を経て三田井へ向進」(『東京日日』九月十四日)に拠る。獅子川は祝子川上流ではなく、綱瀬川上流の鹿川(ししがわ)の誤り。

20 田原石越(現・宮崎県西臼杵郡高千穂町)。高千穂の岩戸方面に入る峠。

21 現・西臼杵郡高千穂町三田井、高千穂地方の中心部。

22 一ッ瀬川上流域の地名。「賊兵は…米良、須木を経て小林に」(『東京日日』九月二十日)。

23 須木村(現・宮崎県小林市須木)。村を西南に抜けると小林盆地。

24 九月一日、薩軍は鹿児島守備の新撰旅団と戦闘し、城山、私学校、県庁等を占拠した。

25 明治十年七月、政府が補助し三菱が購入した英国製の運送用蒸気船。

26 『戦記稿』では隅田丸、『征討志』では敦賀丸に乗船となっている。

27 城山北崖の岩崎谷。「西郷らも…必ず岩窟の下に蟄居」(『東京日日』九月二十五日)。

28 「賊地を包んで市中に二重三重の胸壁と竹柵とを構え…」(『東京日日』九月二十二日)。

29 九月二十四日の薩賊殲滅は、明治天皇第二皇子生誕とともに新聞附録(号外)として出た。

30 「別府新助…西郷の首領を斬落し…路傍に埋め」(『東京日日』十月三日)。「西郷の首なし。探偵中」(『東京日日』九月二十五日附録)。西郷の首は、後年まで種々の異説が生じる。

主要人名一覧

・原則として経歴のわかる人物を対象とし、五十音順に配列した。
・経歴は西南戦争や本文に関連する範囲での簡略な記述とした。
・本文の誤った人名は、正しい人名で見出しを立て、一般的な呼び名を（　）内に示した。

浅江直之進（あさえ　なおのしん）一八四三‐七七　もと近衛陸軍大尉。第一大隊三番小隊長、三月四日、原倉村（現・熊本県玉名郡玉東町）で戦死。

阿茶の局（あちゃのつぼね）一五五五‐一六三七　徳川家康の側室（お須和の方）。長篠合戦に帯同し、大坂冬の陣では講和の使者となった。

有栖川宮熾仁親王（ありすがわのみや　たるひとしんのう）一八三五‐九五　皇族。戊辰戦争の東征大総督、その参謀だった西郷を征討総督として鎮圧に向かう。後に第二代の陸軍大将（初代は西郷）。

池上四郎（いけのうえ　しろう）一八四二‐七七　もと近衛陸軍少佐。第五大隊長。九月二十四日、城山で自刃。当時の実録や錦絵等では、「いけがみ」の訓が一般的。

池辺吉十郎（いけべ　きちじゅうろう）一八三八‐七七　旧熊本藩士。熊本の学校党の指導者で鹿児島にも遊学した。戦時は熊本隊の隊長。九月三十日、長崎で斬死。池辺三山の父。

石井邦猷(いしい　くにみち)一八三七-九三　本文では石川と誤まる。大分出身。当時、警視局権中警視。

板垣退助(いたがき　たいすけ)一八三七-一九一九　立志社を結び自由民権運動を展開。板垣ほか旧土佐藩士族は、西郷への同調が危惧された。後に自由党党首、内相。

板橋盛興(いたばし　もりおき)　本文では盛与(盛與)と誤まる。「板橋盛興は、武蔵の人、嘗て中牛馬会社副社長たり。…四月十二日、縛に就き、政徳、干城、直方と共に懲役二年の刑に処せらる」(『西南記伝』)。

伊東直二(いとう　なおじ)一八四〇-一九〇八　もと陸軍砲兵大尉。下野後は谷山郷区長。第四大隊九番小隊長(後に奇兵隊十二番中隊長)、戦後は懲役五年に処せられた。

伊藤博文(いとう　ひろぶみ)一八四一-一九〇九　当時は、工部卿、参議、賞勲局長官、法制局長官を兼務。後に初代内閣総理大臣。

岩村通俊(いわむら　みちとし)一八四〇-一九一五　高知出身。五月二日、鹿児島県令として赴任。

江上述直(信直)(えがみ　のぶなお)一八四八-七七　旧福岡藩士。弟の久光忍太郎とともに福岡隊に参加。四月一日、乙隈(おとぐま)村(現・福岡県小郡市)で戦死。

江口高確(えぐち　こうかく)一八四四-八六　熊本出身。権少警視、柳原前光鎮撫使警護の警視隊第四号指揮長として八代方面に転戦。別働第三旅団編入後は徴募隊指揮長(少佐)。

江田国通(えだ　くにみち)一八四八-七七　鹿児島出身。近衛歩兵第一連隊第二大隊長、篠原国幹が戦死した三月四日の吉次峠の激戦で戦死。

遠藤政敏(えんどう　まさとし)　秋田出身。陸軍中尉。当時は陸軍省第二局第一課。

大江卓(おおえ　たく)一八四七－一九二一　高知出身。神奈川県権令などを経て、岩村通俊の弟の林有造とともに西南戦争に乗じ挙兵を企てた嫌疑で有罪(立志社の獄)。

大久保利通(おおくぼ　としみち)一八三〇－七八　征韓論に反対し西郷を下野させ、初代内務卿として士族反乱には厳格な姿勢で臨む。明治十一年五月、紀尾井坂の変で不平士族に暗殺された。

大洲鉄然(おおず　てつねん)一八三四－一九〇二　明治九年に西本願寺執事として鹿児島布教。「私学校組ヨリ、兼テ大洲ハ朝廷ヨリ探索ノ為此地エ出張致抔(など)ト嫌疑致居候」(「立花超玄上申書」)。

大東義徹(おおひがし　ぎてつ)一八四二－一九〇五　滋賀出身。征韓論で司法省を辞し彦根で集議社を結び、近江西郷と呼ばれた。明治九年に鹿児島を視察。大阪で密議を重ね捕縛。

大海原尚義(おおみばら　ひさよし)一八四七－一九二二　滋賀出身。大東と集議社や鹿児島視察をともにする。薩軍加担の嫌疑で京都で捕縛。

大山巌(おおやま　いわお)一八四二－一九一六　西郷の従弟。当時は陸軍卿代理で東京鎮台司令長官。戦時は別働第一旅団、第二旅団、別働第五旅団、同第三旅団の司令長官。城山戦を指揮した。

大山綱良(おおやま　つなよし)一八二五－七七　初代鹿児島県令。私学校を支援し、政府の改革要求を拒否した。三月十七日、薩軍協力の罪で官位剝奪、九月三十日、長崎で斬刑。

小笠原恒通(おがさわら　つねみち)一八二八－八九　山口出身。当時は海軍中尉で清輝艦の乗員。乃木希典の義弟(妻キネが乃木の妹)。

奥保鞏（おく やすかた）一八四七―一九三〇　旧小倉藩士で長州征伐に参加。熊本鎮台で佐賀の乱、歩兵第十三連隊で神風連の乱を鎮圧。西南戦争では熊本鎮台第一大隊長として籠城戦を遂行。四月八日に突囲隊を指揮し、薩軍の包囲を突破した。後に陸軍大将、元帥。

越智彦四郎（おち ひこしろう）一八四九―七七　旧福岡藩士。佐賀の乱の後に福岡で強忍社を結ぶ。三月二十八日、福岡の変で越智隊を率い福岡と近郊を転戦。四月一日に捕縛、五月に斬刑。

桂四郎（かつら しろう）一八三〇―七七　右衛門と称す。もと薩摩藩家老、藩権大参事、都城県参事。大小荷駄本部長として後方支援を指揮。九月二十四日、城山で戦死。

加藤堅武（固）（かとう かたむ）一八五三―七七　旧福岡藩士。福岡藩家老で勤王派を率いて西郷隆盛とも通じた加藤司書の長子。福岡の変では越智隊小隊長として転戦。五月、斬刑。

樺山久兵衛（かばやま きゅうべえ）一八三四―七七　樺山資綱。征韓論の政変で司法省を辞す。第二大隊大小荷駄方として従軍。懲役刑となるが、獄死。

樺山資紀（かばやま すけのり）一八三七―一九二二　熊本鎮台参謀長兼熊本衛戍司令官として籠城戦を戦う。後に陸軍から転じ、海軍大臣、海軍大将。

川路利良（かわじ としよし）一八三四―七九　鹿児島出身。東京警視庁大警視。警察官中心の別働第三旅団司令長官。部下の中原尚雄が西郷暗殺の目的を自供したため、薩軍から憎悪された。

川畑種長（かわばた たねなが）　鹿児島出身。警視局一等大警部。植木口の警視隊一番小隊長として抜刀隊を編成。別働第三旅団編入後は第四大隊長心得（大尉）。

川村（河村）純義（かわむら すみよし）一八三六―一九〇四　鹿児島出身。西郷隆盛と姻戚関係になる。陸軍参軍の山県有朋とともに海軍参軍として官軍を指揮した。

貴島清（きじま　きよし）一八四三―七七　もと近衛陸軍少佐。募兵した貴島隊（振武隊）を率い、植木・田原坂で奮戦。薩軍の可愛岳突破を指揮した。九月四日、城山の米倉を襲撃し戦死。

木戸孝允（きど　たかよし）一八三三―七七　山口出身。桂小五郎。明治政府、長州閥の中心人物で廃藩置県を主導。開戦前から鹿児島県政の改革を訴えていた。明治十年五月二十六日、病没。

木梨精一郎（きなし　せいいちろう）一八四五―一九一〇　山口出身。兵部省、陸軍省を経て明治九年から内務少丞として内務省沖縄出張所に勤務、明治十二年に沖縄県令心得となる。

桐野利秋（きりの　としあき）一八三八―七七　旧名を中村半次郎。熊本鎮台司令長官（明治五年）。西郷に従い下野、私学校党の中心人物で薩軍第四大隊長、九月二十四日に城山で戦死。

久世芳麿（くぜ　よしまろ）一八四九―七七　旧福岡藩士。三月二十八日、福岡の変に参戦、四月一日、乙隈村（現・福岡県小郡市）で自刃。

黒田清隆（くろだ　きよたか）一八四〇―一九〇〇　鹿児島出身。陸軍中将で一時は征討参軍となる。

黒田長溥（くろだ　ながひろ）一八一一―八七　旧福岡藩主。薩摩藩主島津重豪の九男。明治二年隠居。西南戦争では勅使柳原前光に随従して鹿児島に赴き、島津家と政府間の周旋に努めた。

顕如（けんにょ）一五四三―九二　浄土真宗本願寺第十一世。豊臣秀吉の薩摩征討に際し、顕如が先導役となった話は『陰徳太平記』、『日本外史』、『豊臣鎮西記』ほかで広く知られた。

江夏干城（こうか　かんじょう）　父は島津斉彬（なりあきら）の側近で反射炉築造などで知られる江夏十郎。自身も斉彬の側小姓（そばこしょう）をした。『西南記伝』には、天保四年（一八三三）生まれ、明治三年の上京後に中牛馬会社の社長となり、西南戦争では挙兵の嫌疑で捕縛され懲役二年の刑を受けたとある。底本の振り仮名は「えなつ」。

神足勘十郎(こうたり かんじゅうろう) 旧熊本藩士。前名に常次郎、十郎助。別働第三旅団付一等大警部、三月十五日、熊本城段山で戦死。

河野四郎(こうの しろう)一八三七―七七 もと近衛陸軍大尉。本営付(後に破竹隊監軍)として出陣、城山で戦死。

国分友諒(こくぶ ともすけ)一八三七―七七 鹿児島出身。権少警視、柳原勅使警護の警視隊第二号指揮長、別働第三旅団第二大隊長(少佐)。四月三日、堅志田(現・熊本県下益城郡美里町)で戦死。

児玉源太郎(こだま げんたろう)一八五二―一九〇六 山口出身。熊本鎮台参謀部の参謀次長。

児玉八之進(こだま はちのしん)一八四三―七七 もと近衛砲兵少佐。第五大隊十番小隊長。三月二十六日、小川(現・熊本県宇城市)で戦死。

後藤純平(ごとう じゅんぺい)一八五〇―七七 増田宋太郎とともに中津隊の首謀者の一人。中津出身でないため分隊を率い薩軍の奇兵隊に入り九州東部を転戦。城山で捕縛され十月に斬刑。

後藤象二郎(ごとう しょうじろう)一八三八―九七 高知出身。征韓論の政変で参議を辞し下野し、薩軍加担が噂された。

西郷小平(さいごう こへい)一八四二―七七 隆盛の三弟。第一大隊一番小隊長。二月二十七日に高瀬(現・熊本県玉名市)で戦死。

西郷隆盛(さいごう たかもり)一八二七―七七 旧名を吉之助、号を南洲。もと陸軍大将。明治六年、征韓論の政変で下野。西南戦争で薩軍を率いるが、九月二十四日、城山で首を介錯され戦死。

坂元勘助（さかもと かんすけ）一八四四-七七　もと近衛陸軍中尉。第一大隊十番小隊長。四月二十日、御船（現・熊本県御船町）で戦死。本文の市本は坂元の旧姓市来と坂元が紛れたものか。

坂元俊一（さかもと しゅんいち）　鹿児島出身。当時は海軍少尉で清輝艦乗員。

迫田利綱（さこだ としつな）一八三一-九二　底本は「せこだ」と誤まる。鹿児島出身。陸軍歩兵少佐兼権少警視として別働第三旅団第一大隊長。さらに八代口警視隊第一号警視隊指揮長。

三条実美（さんじょう さねとみ）一八三七-九一　公卿出身の政治家。太政大臣。

滋野清彦（しげの きよひこ）一八四六-九六　山口出身。陸軍省第一局次長で参謀部参謀として出征、第二旅団参謀長。

重信常憲（しげのぶ つねのり）　鹿児島出身。警視局権少警視。警視隊約九〇〇名を率い出征。

舌間慎吾（したま しんご）一八四三-七七　旧福岡藩士。藩の文武館柔術師範で武芸に長じ、武部隊の副隊長として転戦。四月一日、秋月に行く途中の乙隈村（現・福岡県小郡市）で戦死。

品川弥二郎（しながわ やじろう）一八四三-一九〇〇　山口出身。内務事務行政の長に就任直後の品川は、二月二十一日に熊本城（鎮台）に入り籠城。

篠原国幹（しのはら くにもと）一八三六-七七　もと陸軍少将。征韓論の政変で下野し私学校砲隊学校を指揮した。薩軍一番大隊長として奮戦し吉次峠で戦死（三月四日）。

島津忠寛（しまづ ただひろ）一八二八-九六　幕末維新期の日向佐土原藩第十一代藩主・藩知事で、戊辰戦争では新政府軍として藩を率いた。

島津忠義(しまづ ただよし)一八四〇–九七 薩摩藩第十二代藩主・薩摩藩知事。久光の子。

島津久光(しまづ ひさみつ)一八一七–八七 薩摩藩主・島津斉彬(なりあきら)の異母弟。新政府の左大臣等を務めたが、大久保など改革派と相容れず鹿児島に引退していた。

曽我祐準(そが すけのり)一八四三–一九三五 福岡出身。陸軍少将。第四旅団司令長官。

高島鞆之助(たかしま とものすけ)一八四四–一九一六 鹿児島出身。勅使護衛兵を率い出征。別働第二旅団司令長官(三月十六日編制)、別働第一旅団司令長官(同二十八日編制改正)。

高島信茂(たかしま のぶしげ)一八四三–九九 鹿児島出身。陸軍少佐。別働第四旅団、後に別働第二旅団に属し、熊本や鹿児島を転戦。

高城七之丞(たき しちのじょう)一八四七–七七 帰県巡査の捕縛を主導し三番大隊三番小隊長として出征。城山で戦死。『鹿児島美勇伝』にも高城十二で記され、その略伝から七之丞と推測される。十二の名は村田三介の兄の高城七次と紛れたか。

谷干城(たに たてき)一八三七–一九一一 高知出身。陸軍少将。前年から二度目の熊本鎮台司令長官。「防戦すること五十余日 元弘の籠城に不劣(おとらず)干城の名空しからず」(『鹿児島美勇伝』)。

田畑(田畠)常秋(たばた つねあき)一八二八–七七 もと鹿児島県参事、県大書記官。県令大山綱良の捕縛後、県政事務の長となったが、四月十四日に自殺。

巴御前(ともえごぜん) 木曽義仲の妾、その武勇と美貌は平家物語などの軍記物で知られる。

鳥尾小弥太(とりお こやた)一八四八–一九〇五 山口出身。陸軍省参謀局長兼行在所陸軍軍務取扱。佐賀の乱では大阪鎮台司令長官として対応し、西南戦争でも大阪で輜重(しちょう)兵站を担当。

中島武彦(なかじま たけひこ)一八四三-七七　もと近衛大尉、鹿児島県一等警部。第二大隊二番小隊長。城山で戦死。脱出したとの説もある。

中島信行(なかじま のぶゆき)一八四六-九九　高知出身。もと海援隊で自由党副総理。元老院議官。

中原尚雄(なかはら なおお)一八四五-一九一四　墓参を名目に一月から帰県していた警視局三等警部。他の警察関係者とともに逮捕後、西郷暗殺の自供が西南戦争の契機となる。

中山中左衛門(なかやま ちゅうざえもん)一八三三-七六　島津久光の側近で、維新後に久光と対立した旧知の大久保利通の暗殺計画に連座し懲役中に死去。

永山休清(ながやま きゅうせい)一八四一-七七　本文の九成は休清の宛字。もと近衛砲兵大尉。第四大隊五番小隊長。三月十一日、円台寺(現・熊本市北区植木)で戦死。

永山弥一郎(ながやま やいちろう)一八三八-七七　もと陸軍中佐。明治八年の樺太問題に反対し下野、第三大隊長。四月十三日、御船(現・熊本県御船町)で自刃。

新納軍八(にいろ ぐんぱち)一八三八-七七　もと陸軍砲兵大尉、鹿児島火巧所の弾薬製造の監督役。戦時の新聞では、延岡で大砲鋳造と報じられた。九月二十四日、城山で戦死。

仁礼景範(にれ かげのり)一八三一-一九〇〇　鹿児島出身。海軍大佐。長崎臨時海軍事務局長。

能勢弥九郎(のせ やくろう)一八四四-七七　本文では長野瀬と誤まる(十一編注6参照)。五番大隊十番小隊兵、後に貴島隊一番小隊長。五月五日、城山で戦死。

野津鎮雄(のづ しずお)一八三五-八〇　鹿児島出身。東京鎮台司令長官、征討第一旅団司令長官。

野津道貫(のづ みちつら)一八四一-一九〇八　鹿児島出身。陸軍大佐で第二旅団を率いた。

林清廉（はやし　きよかど）　大阪出身。当時は、太政官大書記官兼海軍大佐。

林友幸（はやし　ともゆき）一八三一―一九〇七　山口出身。内務省の命で明治九年暮から鹿児島管内を視察。二月六日、川村海軍大輔と高雄丸で神戸を出帆（『林友幸西南之役出張日記』）。

板額（ばんがく）　城小太郎資盛の叔母。武者振りは『吾妻鏡』のほか浄瑠璃などでも知られる。

東久世通禧（ひがしくぜ　みちとみ）一八三三―一九一二　公卿。五月から六月にかけ、鹿児島、長崎、熊本などを慰問し帰京した。

東伏見宮嘉彰親王（ひがしふしみのみや　よしあきらしんのう）一八四六―一九〇三　皇族軍人、当時は陸軍少将。

肥後助右衛門（ひご　すけえもん）「旧知事島津久光公の側用人を勤め忠臣無二にして且文武に達す…木山もり返しの一戦に砲玉のために亡命」（『鹿児島美勇伝』）。史実とは一致しない。

久光忍太郎（ひさみつ　じんたろう）一八五一―七七　本文では久見巽と誤まる。旧福岡藩士。三月二十八日、福岡隊の一隊を率い、七隈（現・福岡市城南区）の官軍屯所を襲撃。敗走後に捕縛され、五月、斬刑。

福原和勝（ふくはら　かずかつ）一八四六―七七　山口出身。第三旅団参謀長、三月三日の岩村（現・熊本県山鹿市）の戦闘で負傷し、二十三日に久留米（現・福岡県久留米市）で死亡。

伏見宮貞愛親王（ふしみのみや　さだなるしんのう）一八五八―一九二三　皇族軍人、当時は陸軍中尉。

淵辺高照（ふちべ　たかてる）一八四〇―七七　通称群平。もと陸軍少佐。私学校の指導者の一人。本営付護衛隊長。五月三十日、人吉（現・熊本県人吉市）の戦闘で重傷を負い戦死。

別府九郎（べっぷ　くろう）一八四三―八二　別府晋介の兄。もと近衛陸軍大尉。第二大隊十番小隊長（後に奇兵隊六番中隊長）。戦後は東京の市谷監獄で懲役囚となる。

別府晋介（べっぷ　しんすけ）一八四七―七七　本文では新助と表記。もと陸軍少佐。下野後は加治木郷の区長。第六・第七連合大隊長として出征し、城山で西郷の介錯をした後に自刃。

逸見十郎太（へんみ　じゅうろうた）一八四七―七七　もと近衛陸軍大尉。下野後は宮之城郷区長、第三大隊一番小隊長（後に雷撃隊大隊長）、可愛岳突破の先鋒となった。城山で戦死。

細川護久（ほそかわ　もりひさ）一八三九―九三　熊本藩知事。廃藩置県で知事をやめ滞京していた。

前原一格（まえばら　いっかく）　前原一誠の弟で萩の乱で処刑された佐世一清がモデルの架空の人物。「前原一格は何処に潜匿して居しや　今回西郷の兵隊に加り肩より脇腹へ白布を結び姓名を著明に記し毎に先鋒に進み」（『郵便報知新聞』三月二十日）。

前原一誠（まえばら　いっせい）一八三四―七六　旧萩藩士。神風連の乱に呼応した萩の乱の首謀者。

増田宋太郎（ますだ　そうたろう）一八四九―七七　中津隊隊長。旧中津藩士。『田舎新聞』（明治九年創刊）社長。中津隊を率いて転戦、九月三日、城山の米倉襲撃で戦死。

町田啓次郎（まちだ　けいじろう）一八五七―七七　本文の田村は誤まり。旧佐土原藩主・藩知事島津忠寛の三男。町田宗七郎の養子。佐土原隊を指揮して転戦、西郷とともに城山で戦死。

松平親懐（まつだいら　ちかひろ）一八三八―一九一四　もと庄内藩中老。戊辰戦争では軍事掛として藩を率いた。当時は鶴岡県参事。庄内藩守旧派士族の中心人物。

松永清之丞（まつなが　せいのすけ）一八四一―七七　もと海軍大尉。戦争の導火線となった草牟田での弾薬強奪の主導者の一人。第二大隊一番小隊長。田原坂で戦死。
三浦梧楼(みうら ごろう)一八四六―一九二六　山口出身。当時、陸軍少将、第三旅団司令長官。
三間正弘(みつま まさひろ)一八三六―九九　新潟(長岡)出身。陸軍少佐兼権少警視。別働第三旅団第三大隊長。本文(七四頁)では静間と誤まる(十一編注2参照)。
三好重臣(みよし しげおみ)一八四〇―一九〇〇　山口出身。陸軍少将、征討第二旅団司令長官。
牟田止戈雄(むた しかお)一八五〇―一九〇二　本文の鹿雄は宛字。旧秋月藩士。秋月の乱で懲役刑となる。
村上彦十(むらかみ ひこじゅう)一八四三―七七　旧福岡藩士。福岡隊の一隊を率い、西新や藤崎監獄を襲撃するが、四月一日、乙隈村(現・福岡県小郡市)で重傷を負い、五月に斬刑。
村田三介(むらた さんすけ)一八四五―七七　本文では三助とも。もと陸軍少佐。第五大隊二番小隊長。官軍第十四連隊旗の奪取で有名、三月十一日、鍋田(現・熊本県山鹿市)で戦死。
村田新八(むらた しんぱち)一八三六―七七　第二大隊長。米欧回覧の経験があり、宮内大丞等を務めたが、下野して私学校(砲兵学校)監督をしていた。城山で戦死。
安田定則(やすだ さだのり)一八四五―九二　鹿児島出身。当時は開拓権大書記官。
安村治孝(やすむら はるたか)一八四四―一九〇九　山口出身。警視局三等大警部、新撰旅団第二大隊第四中隊長(中尉)。
柳原前光(やなぎはら さきみつ)一八五〇―九四　柳原家第二十三代。当時は元老院議官。
山内豊範(やまうち とよのり)一八四六―八六　もと土佐藩主・高知藩知事。

山県有朋(やまがた　ありとも)一八三八―一九二二　山口出身。初代陸軍卿、当時は参議と陸軍中将を兼務。征討参軍として全陸軍を指揮。

山川浩(やまかわ　ひろし)一八四五―九八　もと会津藩若年寄。山川健次郎・捨松の兄。佐賀の乱でも熊本鎮守府で鎮圧に活躍。四月十四日、第二旅団の部隊を率い熊本城入城を果たす。

山口孝右衛門(やまぐち　こうえもん)一八四四―七七　本文では小左衛門と誤まる。もと島根県参事。第四大隊二番小隊長。三月三日、川尻(現・熊本市)で戦死。

山田顕義(やまだ　あきよし)一八四四―九二　山口出身。別働第三旅団(三月二十八日編制改正で第二旅団)司令長官。

山内半左衛門(やまのうち　はんざえもん)一八四一―七七　もと近衛陸軍大尉。第三大隊十番小隊長。二月二十八日、病没。桐野利秋は実兄。

吉村守廉(よしむら　もりかど)一八五〇―一九〇九　山口出身。別働第五旅団分遣隊(独立第二大隊、別働第一旅団分遣隊に編入)を率い、五月初旬から鹿児島を守備した。

綿貫吉直(わたぬき　よしなお)一八三一―八九　福岡出身。陸軍中佐兼少警視、熊本籠城の警視隊総指揮長。佐賀の乱や神風連関連の実録や錦絵でも知られた。

［解説］鹿児島実録と篠田仙果のことども

松本常彦

西南戦争と実録

篠田仙果（しのだせんか）『鹿児島戦争記』（以下、本作と表記）は、明治十年（一八七七）一月末から九月二十四日にかけて、約八カ月間も続いた西南戦争に取材し、おびただしく刊行された戦争読み物の一つである。その大半は、戦争の展開とともに成長した新興メディアである新聞記事の編集という性格を持つ。『西南太平記』、『薩摩大戦記』、『薩徒一乱聞事録（さっといちらんぶんじろく）』、『遭難記実』などもあるが、鹿児島の語を冠する例が圧倒的に多く、仮に鹿児島実録と総称する。ごく早い時期の鹿児島実録には、新聞の雑報記事をそのままに近いかたちで列挙し、速成の出版後、それきりになる例も多い。たとえば樋口徳造『鹿児島戦争記』(同年二月)は、各編本文四丁(八頁)の二編で、二月下旬から三月初頭の戦況を新聞から摘記し、木版(半紙本)ながら鹿児島実録には多い挿絵はない。仙果の鹿児島実録では最も早い『鹿児島暴徒風説録』(二月)も各編四丁の三編から成る活版本で、やはり挿絵がない。初編の緒言には、鹿児島実録に通有する要素が記されている(以下、引用は新仮名遣いとし、句読点、振り仮名、濁音等を補う。丸括弧は注記・補足)。

昨今、鹿児島県下に於て不平士族の学校生徒等、暴動せりと街の風諸(説)、されば確証なし(と)雖ども、各社の新聞紙と参考なし纏めて記載なし侍れど、或は好事家の臆断に出、謬伝又多かるべければ、看君、用捨有らん事を希願うになん。

各社の新聞を参考に、それらを整理し、まとめたというのは、鹿児島実録一般の基本的な筆法である。鹿児島実録を繰り返し書いた仙果の場合、新たな情報や推断などで、それが更新される。具体例を挙げよう。

① 去月三十一日の頃、イザコ村より弾薬を荷馬にて運び出せし砌、私学校の生徒

十四、五名にて人馬を押止め

（『郵便報知新聞』二月十三日）

②一月三十一日、鎮台の御用にて、桜島の続きなるイザコ村より弾薬を馬に附(け)運び出せしを途中にて見総たる私学校の例の生徒十四、五名、道を障ぎり

（『鹿児島暴徒風説録』初編）

③一月三十一日、桜島地つづきなるイサゴ村の製造所より弾薬を汽船赤竜丸へつみ込めよと、その筋より達せられしかば人馬をもって運送せしに、例の生徒等これを見るより十四、五名、ばらばらと往来に立ふさがり

（『鹿児島太平記』初号）

④二月一日も、残りし弾薬千五百匣、イサゴ村まではこびしおりしも、先の程より待もうけし生徒大略四、五十人、大手をひろげ遮り止め

（「本作」初編）

⑤一月三十一日、赤竜丸の人々は残りの弾薬八百余匣を磯町の庫より出し砂子村まで運送せしに思いよらざる山影より、その勢、凡そ四、五百人（中略）矢庭に道を遮り止め

（『鹿児島征伐物語』初編）

日付、地名、生徒の人数、弾薬箱の数は、新聞記事から微妙に変化する。地名に注目すれば、新聞記事の「イザコ村」は、②では踏襲されるが、③では「イサゴ村」と

なり、④は踏襲するものの、⑤では「砂子村」と漢字になる。イザコをイサゴの誤りと解し、さらに砂子の字を当てたのであろう。新聞記事のイザコは、新聞社に届いた電報文のカタカナをそのまま表記したのであろう。ちなみに電報文のカタカナから生じた誤りは、新聞にも見られ、本作においても、静世峠(九編)、桜山(同)、静間少佐(十一編)、樫木(十二編)など、実在しない地名や人名と化すことになる。

ところで、イザコは犬迫の鹿児島方言に由来する。市来四郎『丁丑擾乱記』には「犬廻(迫)村ノ庫倉ヨリハ樽詰ノ火薬ヲ(中略)赤竜丸ニ積込」と見える。イザコが砂子に変化する想像力の働きは、生徒の数が十四、五名から四、五十人となり、ついには四、五百人になる経緯にも働いている。

①〜⑤と同じ場面は、『絵本鹿児島戦記』初編(二月)にもあり、日時が「二月一日」、場所は「磯町の滝の上」の近く、生徒数は「二千五、六百人」である。これは①の新聞記事からの展開ではなく、別の新聞記事を踏まえた記述である。つまり、同じ作者(仙果)が、同じ場面を描いても、その都度、どの新聞を参照したか、また、解釈の加わり方の程度に応じて変化する。

①〜⑤の中で「御届」の期日が最も遅い⑤が、この場面の記述としては、最も具体

的で詳しい。⑤の中略部分には、「いずれも血気の壮者ばかり、袴の股だち取るもあり、鉄扇を握るもありて書生風の下駄がらつかせバラバラと顕れ出」という句があり、それに応じて光景が具体的になり臨場感も高まる。しかし、それによって実録らしさは加わっても、客観的な記録性からは、その分だけ遠ざかる。こうした性格は、鹿児島実録に限らず、実録一般にも通じよう。

仙果が本作の序をはじめ自作の序で、繰り返し事実との懸隔や誤りをことわるのも理由のないことではない。ただし、その詫び言は、作者の姿勢としても、読者の要求としても、正確な情報を求めていることが前提になっている。イザコが砂子になる例も、結果的には放恣な空想であっても、作者なりに地名の詮索に努めたからに他ならない。実見しない場所（九州）での未知の出来事（戦争）に対する解釈を伴った想像力こそ、実録を膨らませ生彩あるものにするモーターになる。

戦争と新聞のエンターテインメント化

ごく初期の実録が新聞の雑報を羅列するのに対し、やがて記事と記事とを結びつけ、解釈を施して物語化する傾向が生じる。行き過ぎの例も少なくない。

本作の第五編冒頭(四〇頁)に次のような一段がある。下関の林検事の通報で、大坂の警察官は、同地に潜む鹿児島県士族の水戸幸吉の一味を探索中である。その大坂で繁華な四カ所に、戦争の目的は貧民救助という張札(はりふだ)が立った。また、神戸十番館のフテーヨンに武器を注文したのも水戸の一味という説がある。まるで一連の話のように語られるが、これは『郵便報知新聞』(三月十日)に、張札、水戸の一味、神戸十番館の順に掲載された三つの別の記事である。新聞の雑報は、個々の記事が〇印で始まるが、その〇印を取り去って、数珠繋(じゅずつな)ぎにして一つの物語を編んでいる。こうした数珠繋ぎも物語化の一例であるが、数珠繋ぎに限らず、物語化への志向は、より微細な水準でも、より大掛かりな水準でも行われている。

当時の新聞には誤報も多いが、速さと正確さを求めるならやはり新聞である。その上で、なお実録が喜ばれたのは、真偽の程度も異なり、事件の性格や出来事の場所も違う区々たる情報が混在する新聞紙面から、戦争の全体像を描いた上で一連の出来事として理解することが困難だからである。読者だけでなく、それを提供する新興メディアの新聞社の側も、戦地のあらゆる局面を知ることはできない。本作の二編にあるように「電報、日々千」を越える状況は、事態を錯綜させる一面がある。全貌の把握が難しい戦争に対し、「各社の新聞紙」を眺め渡した実録は、相応の正確さを担保する。断片的情報を整理することで、戦争記という物語として可視化する。

仙果が参照した「各社の新聞紙」は、たとえば『鹿児島暴徒風説録』では、『摘華新聞』や『熊本新聞』などまで見ている。本作の参照紙も、『東京日日新聞』、『郵便報知新聞』、『東京曙（あけぼの）新聞』、『仮名読（かなよみ）新聞』、『朝野（ちょうや）新聞』などに及ぶ。上記のような東京発行の新聞以外にも、『熊本新聞』など地方紙も参照している形跡があるが、すべての典拠を特定できているわけではない。

本作の序で「書籍（たね）さえ持（もた）ぬ」と卑下するわりには、想像以上に「各社の新聞紙」を参照している。当時の『東京日日新聞』一部は三銭、一週間で二十一銭、地方紙までとなると庶民の懐（ふところ）では持つまい。それを長期に複数の新聞の読みどころをダイジェストにして、しかも、他人に吹聴できる程度には物語化をほどこし、後年のエンターテインメントの映画さながらの絵も備わっての一冊(二編)三銭五厘である。

『鹿児島戦争記』のトピック

開戦の報が伝わり、東京中心に多くの実録が先を争うように売り出された。新聞を利用する以上、内容は類似する。ひどいたとえかも知れないが、桜の開花に合わせ、多くの弁当屋が、新聞という同じ食材を用いて花見弁当を競うようなものである。本作は、三銭五厘の一冊に、どのようなトピックを盛り込み売り込んだのか。

初編の冒頭には、新聞論説の口調で順逆の理を下味に仕込んだ文がある。以下、西郷の功績、私学校の設立、西郷の田舎暮らし、政府の命による鹿児島の銃器弾薬の搬出、それを阻止する私学校の襲撃などが続く。例のイサゴ村の場面である。さらに、薩英戦争や秀吉の薩摩攻めを引いての地勢論、鹿児島の陸海軍施設の襲撃、鹿児島の常備兵、政府の派遣船、薩軍の県境守備、川村海軍参軍の説得、近県の動静などが記され、末尾は、江戸期に禁教だった真宗の布教僧を襲撃にいく場面で結ばれる。

初編は、トピックの数もさることながら、新聞が何度も報じていた西郷の田舎暮らしののどかさの直後に、銃器弾薬をめぐる緊迫の場を配するなど緩急も配合し、双方の動きを交互に伝えることで、開戦までの経緯を描き出そうとしている。

二編も論説めいた教訓から始まるが、この種の冒頭は三編以降にはない。事件を追う読者にとっては余計な教訓に違いない。その直後は真宗僧襲撃の続報である。三編末尾にも「この段四編につづき早々出板」とあり、当初は前編から次編への接続を意図したようである。ところが、物語なら当然そうあるべき、この接続は放棄される。現に、四編は三編末尾と無関係に始まる。五編以降も同じである。現実の戦況は刻々と変化するので、前編の続きは、具材として古くなる場合も少なくないであろう。

真宗僧襲撃は、読者にも興味あるトピックだったようで、一連の記事の最後に「この法師達の事は暴徒出陣の段にいうべし」と注記がある。注記の位置に配された三編では「さてまた二編のはじめに記せし」と続報が語られる。連載の筆法は、五編の熊本城の抜け穴の記事に「この段第六編にくわし」など、ほかのトピックにも見られ、当時の読者の興味関心のありどころを示唆する。

もちろん、戦争実録の中心トピックは、軍隊、各地の戦況、戦場逸話などである。官軍側は、部隊編成、派遣先、艦船などの情報が多く、警視隊の活躍が目立つ。薩軍側は、出陣時の部隊編成、進軍経路なども記されるが、組織より勇将の活躍の印象が濃い。言うならば、桐野利秋や篠原国幹を筆頭に、人物がトピックになっている。そうした書き方は、戦争終結の間際から、薩軍の銘々伝が編まれることと関係しよう。

戦闘は、熊本城周辺、植木、田原坂、吉次越、山鹿、高瀬、八代、中津、福岡、川尻、人吉、臼杵、霧島、大口、宮崎、延岡、可愛岳、城山など主要な戦闘を網羅する。

戦闘場面では、薩軍の攻撃で剣や刀が描かれがちなのに対し、官軍側は、大砲や地雷(四一頁挿絵参照)や艦船での攻撃が目立つ。この対照は、挿絵が端的にもの語る。薩軍では、隊長が将校の衣装をまとうが、兵士の頭は鉢巻か兜、上着は鎧か陣羽織か筒袖の袷、腰から下は袴か股引、足もとは草鞋の場合が多い(二九頁、六一頁挿絵参照)。官軍は、帽子、ボタンの上着、ズボン、靴を身につけ、手には銃かサーベルで背嚢を背負う(七七頁挿絵参照)。単騎でサーベルを振るう野津少将が刀を持った四名の薩軍兵士を斬り倒す挿絵(五〇頁)などは、銃剣の官軍と刀の薩軍の対照を示し象徴的である。ただし、例外もある。七編には、衣装は通例ながら、手にはサーベルではなく、刀を持った官軍の挿絵がある(図1)。後に抜刀隊として知られる警視隊の絵だからである。部隊としては、薩軍に加担した中津(増田宋太郎等)、福岡(越智彦四郎等)、熊本(池辺吉十郎等)、佐土原(町田啓次郎)など、いわゆる党薩隊のトピックもある。

そのほか、相撲取りの出陣(六七頁)、赤牛による攻撃(図2)、薩軍の女隊の活躍、宮崎での西郷札の製造、西郷と愛妾の哀話(図3)など、巷間の関心を煽り、いかにも錦絵の画題になりそうなトピックをうまく織り交ぜる。

戦争の展開に応じたトピックを提供しつつ刊行し、ともかくも戦争の全体像を印象

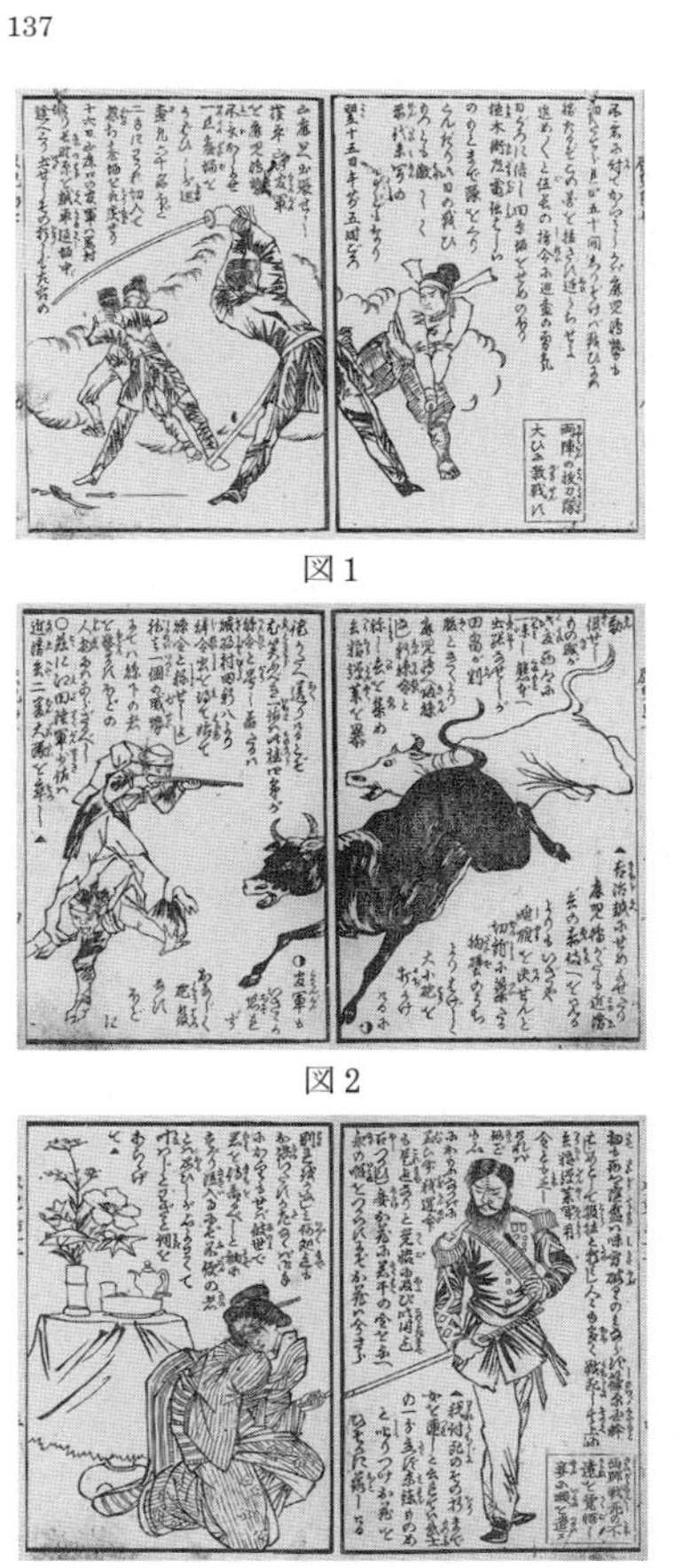

図1

図2

図3

的な絵とともに俯瞰し得る点で、本作は、鹿児島実録を代表する一編である。

もとより、明治新政府の中心にいた西郷隆盛が、かつての陸軍のリーダーたちと、倒幕の戦さながらに東上しようというのだから、戦争に対する人々の関心は、すでにして強烈であった。明治七年(一八七四)の佐賀の乱、明治九年の神風連の乱、秋月の乱、萩の乱と続き、独立国のような鹿児島の噂は取り沙汰されていたから、戦争の予感も十分にあった。そうした関心と予感を持った人々が、読み物にせよ講談などの話芸にせよ、太平記や太閤記などの軍記や軍談に親しんでいたとすれば、幕末の慶応年間に、草双紙体裁の戦記を多くものした仙果を呼び戻すのは、当然であったろう。前記の『絵本鹿児島戦記』の序には、板元の青盛堂の主人(堤吉兵衛)から「鹿児島戦記」を注文されて承諾したものの、筆が進まない仙果に対し、「未だ出来ぬかと矢の使い」だったことが記される。そうした読者や本屋の期待の地平の中で仙果は復活した。

復活と述べたのは、本作の序文と関わる。仙果は、先師柳亭種彦(りゅうていたねひこ)から笠亭の号を譲られたが、著作の種の本も持たないので自卑の念を覚え、筆を絶って「十有余年」と述べる。「十有余年」は事実ではないが、明治の御一新から明治九年までは筆を絶った形跡がある。その確認がてら仙果の経歴にふれておきたい。

軍記作者としての仙果および魯文との関係

仙果こと篠田久次郎は、天保八年(一八三七)生まれで明治十七年(一八八四)に数えの四十八歳で亡くなっている。墓所は、狩野快庵(かのかいあん)『狂歌人名辞書』(昭和三年)や『国書人名辞典』第四巻などには下谷(したや)広徳寺(こうとくじ)とある。織田家など多くの大名家の墓所がある名刹で、それこそ、びっくり下谷の広徳寺であるが、寺域の焼亡や移転もあり、墓は確認していない。先師の初世仙果は二世柳亭種彦（高橋広道）である。ただし、『楽屋興言鳴久者評判記』（慶応元年十月）には、「二世仙果帰号万石亭積丸」とあり、出版をめぐって二世種彦や仮名垣魯文との悶着から、一時は仙果の号を返納したようである。もっとも、慶応二年春の『賤ケ嶽軍記』は二世仙果で書いており、翌三年の『桶狭間続軍記』上巻の序文には「元は尾州の笠亭を受次しと云愚人なり」とあるので、初世の怒りもすぐに融けたのであろう。

右以外にも、『桶狭間軍記』（慶応三年）、『四国攻軍記』（同）、『絵本日吉丸軍記』（同）、『勢州軍記』（同）、『岩倉攻軍記』（同）、『大河主殿一代記（血達磨一代記）』（慶応四年）がある。いずれも、絵は歌川芳春、板元は山口屋藤兵衛（錦耕堂）である。草双紙体裁の軍記に長じた仙果が、鹿児島実録の突出した書き手になるのは、草双紙や錦絵を扱う地本問屋との縁からも当然であった。錦耕堂との縁は、明治になっての『皇朝功臣銘々伝』（明治十五年九月）にも見られる。ほかに大威徳天神感応経の絵解き解説『天神経絵入講釈』（慶応三年、錦森堂）もある。

先師種彦は江戸の最後の慶応四年に亡くなる。軌を一にして仙果も筆を絶つ。しかし、仙果には先師以上に親しい、兄貴株の先師がいた。魯文である。『鳴久者評判記』には、「仙果丈とかながきは、ジイのたれ迄なめあう中」とある。前後の文脈から、それほど親しい仲の意になる。モモンジイ(獣肉)をともに食らい、そのタレまでなめあう身内同然の意でもあろうか。笠亭以前の万石亭積丸の名は、梅素玄魚の口授で魯文編『神社仏閣納札起原』(安政五年五月)劈頭に序の執筆者として見える。魯文を「戯作三昧の道場」の「主」で「小説家の先達」と呼び、自身を「同業の修行者」と記す。刊記に補訂篠田積丸とある。八歳上の魯文が、当時二十歳を出たばかりの積丸を可愛がったことは、『大河主殿一代記』の「仮名垣大人が手匣の内の一小冊」に手を加えて出版という序からも知られる。魯文の元稿を仙果が編集(綴合)した出版である。野崎城雄『仮名反古』(明治二十八年二月、仮名垣文三)は、遊ぶ金ほしさの積丸が、魯文の留守に、一枚きりの着替えを持ち出しても、魯文は気にもとめなかったと伝える。

二人の昵懇ぶりは仙果の晩年近くまで続いた。積丸時代から約二十年後の明治十一年十月、四十過ぎの仙果は、『月とスッポンチ』(興聚社)を創刊する。『納札起原』とは逆に、今度は魯文が「月兎泥亀池の序詞」を寄せ、「硯田筆耕の余が地所へ。一ト鍬入れし作男。イデ其頃ハ万石亭。当時も空不仰笠亭仙果、余ハ年長の舎兄株」と述べる。自身の地所へ鍬を入れた「作男」という見立ては、本作の序文で仙果が語る「牌官者流(さくおとこ)の員(かず)には入れど、書籍(たね)さえ持(もた)ぬ水呑百姓(みずのみひゃくしょう)」という自嘲と符節が合う。自ら卑下しがちな仙果を「当時も空不仰笠亭仙果」と評するのも、初世仙果への皮肉を含ませつつ、二世の本質をズバリと突いた知己の言であろう。

魯文は、雑誌を主催する仙果が「一肩入れよと退引(のっぴき)させず口説」いたと語る。積丸の名を捨てて久しい仙果を二十年前と同じ名で呼ぶ序詞の書きぶりにも、長年に及ぶ昵懇が示されているのではあるまいか。『月とスッポンチ』のタイトルも、時流に敏感な魯文がパンチならぬポンチを効かし主催した『絵新聞日本地(にっぽんち)』（明治七年）に倣うであろう。魯文は、仙果社長のために、万亭応賀(おうが)、柳亭梅彦、梅亭金鵞(きんが)などとともに補助し、戯文「空中膝栗毛」なども寄稿した。ただし、「空中膝栗毛」は途中で空中分解し、「繁机不約束を謝す詞」（二四号）という戯文を寄せる羽目になる。

銘々伝・錦絵・演劇

軍記作者の仙果が、鹿児島実録の書き手になるのは不思議でない。すでに挙げた著作以外にも、『鹿児島戦争新誌』（明治十年三月）、『絵本鹿児島戦争記』（十月）、また、

『西郷隆盛物語』(十二月)や『西郷隆盛一代話』(十二月〜十一年二月)などの略伝もある。鹿児島実録の一類に西野古海『鹿児島英雄銘々伝』(明治十年九、十月)、大西庄之助『鹿児島美勇伝』(十月)、竹内栄久『鹿児島英名伝』(十二月)などがある。

　仙果の西郷略伝は、薩軍つまり賊軍側の人物を英雄や美勇として遇する銘々伝への関心に応じる。のみならず、実際に『明治英名百詠撰』(明治十二年十一月)があり、先述のように山口屋こと荒川藤兵衛の錦耕堂から『皇朝功臣銘々伝』も出している。前者は、官軍側のみならず、西郷、桐野、桐野の妻、篠原、大山綱良、村田、永山、池辺、前原一格、別府晋助、西郷小平、増田、坂田諸潔、さらに佐賀の乱から萩の乱まで、いわゆる賊軍の面々を選ぶ。鹿児島実録の銘々伝の余波と言うべきか。後者は、初編が「島津久光公之伝」だが、冒頭は久光が西郷の才気卓絶を愛した逸話であり、絵も久光と西郷吉之助である。二編の「木戸(きど)孝允(たかよし)公之伝」にも西郷は登場し、木戸と坂本竜馬と西郷の鼎談を絵にする。三編の「谷干城(たにたてき)公之伝」の大団円は三丁(六頁)を費やし熊本城攻防戦を描き、末尾に「西郷隆盛をして其志(そのこころ)ざしを得さしめざるは実に君が偉功」云々と讃える。

　江戸以来の地本問屋との縁から当然ながら、野津少将の聯隊旗奪還を描いた錦絵

「鹿児嶋戦争記」(画工・楊洲斎周延、板元・荒井喜三郎)、本作では右の野津の話題に続く前原一格の奮戦を描く錦絵「鹿児嶋戦記」(同)など、錦絵の詞書も書いている。

西南戦争は芝居にもなる。明治十一年二月、河竹新七(黙阿弥)作『西南雲晴朝東風』は、九代目団十郎(西条高盛)、五代目菊五郎(蓑原国元)、初代左団次(岸野年秋)のいわゆる団菊左により新富座で上演された。仙果は、それを「合巻三冊」(序)にした、いわゆる正本写の『西南雲晴朝東風』(三月)も書いている。

仙果の活動を一斑として、新聞をはじめ実録や錦絵や演劇や講談などの芸能を通じ、さまざまなメディアの西南戦争の表象が、いかに世間に歓迎されたか知られよう。

鹿児島実録以外の著作と清親

仙果の復帰作は、序に「九年ぶり」に「御めもじ」とある『伊達評定』(明治九年六月)である。黙阿弥作で新富座の『早苗鳥伊達聞書』の正本写であった。次作『音に響千成瓢箪』(九月)も、同じく黙阿弥の正本写である。『絵本熊本太平記』(十月)は、神風連の乱を直接に取り込み、天草の乱に取材した『天草島優名之会合』(十一月)は、九州を舞台にした反乱を当て込んでいる。『千成瓢箪』も太閤記なので、九州の士族反乱と重ねて読まれた。本作の初編や二編でも秀吉の薩摩征伐は話題になるが、当時の新聞でも太閤記を引く例は多い。『郵便報知新聞』(明治十年三月二十二日)は、「太閤の薩摩責め」を講じた田辺南竜「鹿児島軍記」に客が群れをなしたと報じる。

明治十年六月には、本作と同じトリオ(仙果、画工・小林清親、板元・杉浦朝次郎)で桜田門外の変に取材した『弥生之雪桜田実記』と上野戦争に取材した『東台戦争記』を出すが、鹿児島実録の売れ行きを追い風にした出版であろう。明治十一年以降は、『幼笑談面白双紙』(明治十一年二月)、『松栄千代田神徳』(六月)、『日月星亨和政談』(十月)、『藻汐草近世奇談』(十二月)、『綴合於伝仮名書』(明治十二年五月)、『雪月花三遊新話』(同)、『浴客必読伊香保説話』(明治十三年八月)、『伊香保入浴法幼童諭』(同)、『業勝君助力之復仇』(同)、『伊香保鉱泉図会』(同)などがある。

伊香保温泉(現・群馬県渋川市)関係の著作は、仙果がそこで過ごしたことによる。のんびりとした湯治生活でもないらしく、『鳳鳴新誌』三十六号(明治十四年六月、開新社)には、売捌所の一つに「上州伊香保温泉湯本　篠田仙果」とある。著作だけで食べていたわけでないことは、『月とスッポンチ』の広告に、晴光丸、美音錠、金光丸などの薬の大取次所として仙果の名があることからも知られる。

本作の画工の小林清親(一八四七―一九一五)についても触れておこう。方円舎と名乗った清親は、明治九年から光線画と称し文明開化の東京の移ろいを描き始めた。その特色が感じられる戦争錦絵もある。本作でも、第四編表紙の弾丸破裂時の光線(図4)、見返し(二編(図5)、四編、五編、十二編)のランプや提灯、第八編の夜闇の戦闘(図6)など、光線画の清親らしい趣がある(『明治実録集』(岩波書店、二〇〇七年)には挿絵のすべてを収める)。

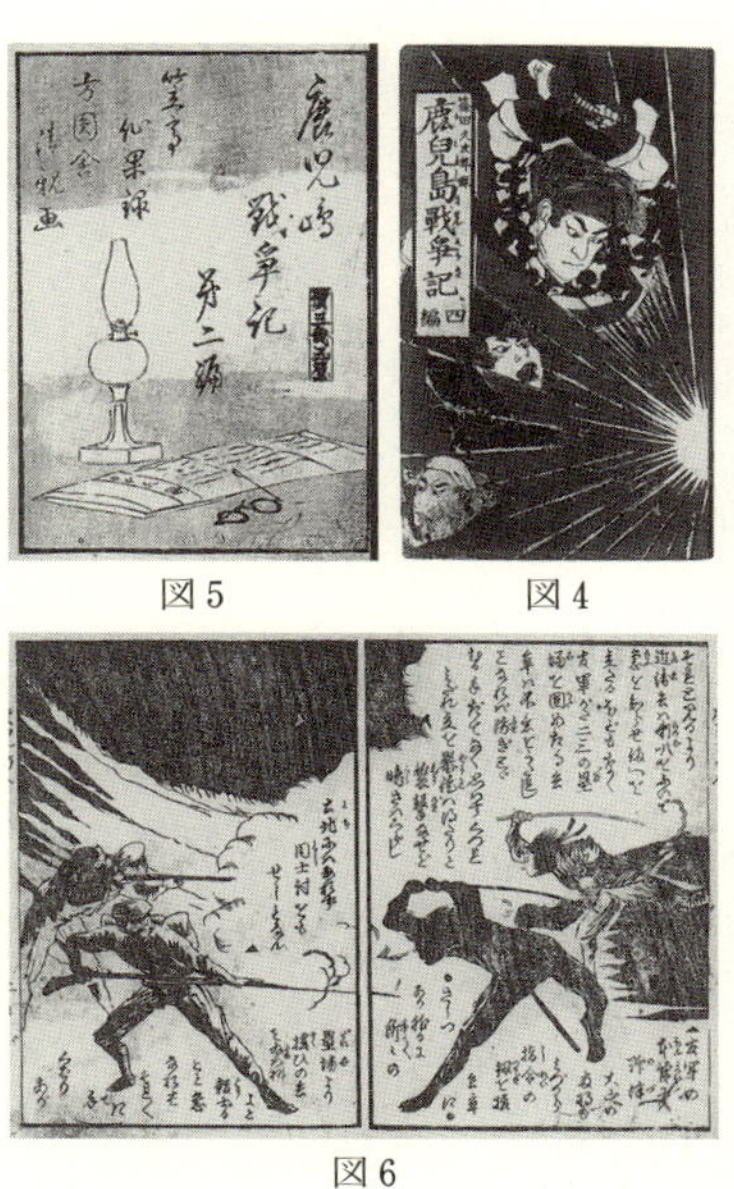

図5　図4

図6

戦争錦絵は、楊洲斎周延、大蘇芳年、永嶋孟斎などを筆頭に、鹿児島実録以上に多いが、画題や場面は多く本作のそれと重なる。実録を読んでおけば、錦絵を見て合点がいくし、たとえば周延の戦争錦絵を並べると、本作のような実録の物語が展開するとも言える。ともに出回ることで一種の相乗効果が生じたであろう。

鹿児島実録のその後

鹿児島実録の流れを追えば、近くは二〇一八年のＮＨＫ大河ドラマ「西郷（せご）どん」にまで及ぶ。その間の変奏や末流は数えきれないが、明治太平記について付言しておこう。明治二十年前後に『明治太平記』や『絵本明治太平記』と題した本が出回る。多くはボール表紙の活版本で、内容は、ペリーの浦賀来航あたりからの活劇めいた明治史略である。西南戦争が骨格の一つであるのは言うまでもない。西南戦争のみを話材にした清水義郎編『絵本実録明治太平記』（明治二十二年二月、牧金之助発行、田中金次郎印刷）などは、直接に鹿児島実録の流れを汲む。同じ板元に『絵本明治太平記』（明治二十年十二月）もあるが、こちらは浦賀来航に始まり通例に従う。ところで、『絵本実録明治太平記』には明治二十五年九月版もある。後刷本ではなく、本文にも絵にも変更がある。こうした変更を伴う細流が合わさり、西南戦争を描いた文芸は、現在に至る滔々たる流れを作ることになる。

最後になったが、本作の底本について記す。底本は早稲田大学所蔵本で、初編のみ自序一丁・本文七丁の計八丁、二編以下は本文九丁である。中本の書型は各編微妙に異なるが、ほぼ初編の縦十七・五×横十三・〇センチに近い。摺付表紙、彩色の見返し絵も各編で異なる。出版人は、浅草茅町一丁目十六番地の杉浦朝次郎（当世堂）で、魯文『岩見重太郎一代記』（安政五年）などを出した江戸以来の地本問屋（品川屋）である。底本の刊記にある出版御届の期日は、初～六編（三月三日）、七～八編（四月四日）、九編（三月三日）、十編（四月四日）、十一・十二編（十月十一日）である。ただし、この刊記には問題がある。ちなみに、国会図書館所蔵本は、初～五編（三月三日）、六～八編（四月四日）、九・十編（五月四日）、十一・十二編（十月十一日）である。ただし、いずれの所蔵本も、複数巻にわたって、御届より後の新聞記事からの援用がある。

『明治実録集』所収の本文作成には、妻・松本ともみの助力が大きい。異例かも知れぬが、ここに礼意を刻す。

幽明、境を隔て二度目の迎え火を焚く夕べ。

鹿児島戦争記(かごしませんそうき)——実録(じつろく) 西南戦争(せいなんせんそう)

2018年9月14日　第1刷発行

作　者　篠田仙果(しのだせんか)

校注者　松本常彦(まつもとつねひこ)

発行者　岡本　厚

発行所　株式会社　岩波書店
〒101-8002 東京都千代田区一ツ橋2-5-5
案内 03-5210-4000　営業部 03-5210-4111
文庫編集部 03-5210-4051
http://www.iwanami.co.jp/

印刷 製本・法令印刷　カバー・精興社

ISBN 978-4-00-312161-0　Printed in Japan

読書子に寄す

――岩波文庫発刊に際して――

岩波茂雄

真理は万人によって求められることを自ら欲し、芸術は万人によって愛されることを自ら望む。かつては民を愚昧ならしめるために学芸が最も狭き堂宇に閉鎖されたことがあった。今や知識と美とを特権階級の独占より奪い返すことはつねに進取的なる民衆の切実なる要求である。岩波文庫はこの要求に応じそれに励まされて生まれた。それは生命ある不朽の書を少数者の書斎と研究室とより解放して街頭にくまなく立たしめ民衆に伍せしめるであろう。近時大量生産予約出版の流行を見る。その広告宣伝の狂態はしばらくおくも、後代にのこすと誇称する全集がその編集に万全の用意をなしたるか。千古の典籍の翻訳企図に敬虔の態度を欠かざりしか。さらに分売を許さず読者を繫縛して数十冊を強うるがごとき、はたしてその揚言する学芸解放のゆえんなりや。吾人は天下の名士の声に和してこれを推挙するに躊躇するものである。このときにあたって、岩波書店は自己の責務のいよいよ重大なるを思い、従来の方針の徹底を期するため、すでに十数年以前より志して来た計画を慎重審議この際断然実行することにした。吾人は範をかのレクラム文庫にとり、古今東西にわたって文芸・哲学・社会科学・自然科学等種類のいかんを問わず、いやしくも万人の必読すべき真に古典的価値ある書をきわめて簡易なる形式において逐次刊行し、あらゆる人間に須要なる生活向上の資料、生活批判の原理を提供せんと欲する。この文庫は予約出版の方法を排したるがゆえに、読者は自己の欲する時に自己の欲する書物を各個に自由に選択することができる。携帯に便にして価格の低きを最主とするがゆえに、外観を顧みざるも内容に至っては厳選最も力を尽くし、従来の岩波出版物の特色をますます発揮せしめようとする。この計画たるや世間の一時の投機的なるものと異なり、永遠の事業として吾人は微力を傾倒し、あらゆる犠牲を忍んで今後永久に継続発展せしめ、もって文庫の使命を遺憾なく果たさしめることを期する。芸術を愛し知識を求むる士の自ら進んでこの挙に参加し、希望と忠言とを寄せられることは吾人の熱望するところである。その性質上経済的には最も困難多きこの事業にあえて当たらんとする吾人の志を諒として、その達成のため世の読書子とのうるわしき共同を期待する。

昭和二年七月

《歴史・地理》〔青〕

- 新訂 魏志倭人伝・後漢書倭伝・宋書倭国伝・隋書倭国伝 —中国正史日本伝1— 石原道博編訳
- 新訂 旧唐書倭国日本伝・宋史日本伝・元史日本伝 —中国正史日本伝2— 石原道博編訳
- ヘロドトス 歴史 全三冊 松平千秋訳
- ガリア戦記 カエサル 近山金次訳
- タキトゥス ゲルマーニア 泉井久之助訳註
- タキトゥス 年代記 全二冊 —ティベリウス帝からネロ帝へ— 国原吉之助訳
- 元朝秘史 全二冊 小澤重男訳
- 歴史とは何ぞや ベルンハイム 坂口昂・小野鉄二訳
- 古代への情熱 —シュリーマン自伝— シュリーマン 村田数之亮訳
- アーネスト・サトウ 一外交官の見た明治維新 全二冊 坂田精一訳
- 武家の女性 山川菊栄
- インディアスの破壊についての簡潔な報告 ラス・カサス 染田秀藤訳
- ラス・カサス インディアス史 全七冊 長南実訳 石原保徳編
- コロンブス航海誌 林屋永吉訳
- コロンブス 全航海の報告 林屋永吉訳
- 偉大なる道 全二冊 —朱徳の生涯とその時代— アグネス・スメドレー 阿部知二訳

- 洞窟絵画から連載漫画へ —人間コミュニケーションの万華鏡— ホグベン 寿岳文章・林達夫・平田寛・南博訳
- 戊辰物語 東京日日新聞社会部編
- 大森貝塚 —付 関連史料— E・S・モース 近藤義郎・佐原真編訳
- 魔女 全二冊 ミシュレ 篠田浩一郎訳
- 中世的世界の形成 石母田正
- 日本の古代国家 石母田正
- フランス二月革命の日々 —トクヴィル回想録— トクヴィル 喜安朗訳
- 朝鮮・琉球航海記 —一八一六年アマースト使節団とともに— ベイジル・ホール 春名徹訳
- インカの反乱 —被征服者の声— ティトゥ・クシ・ユパンギ述 染田秀藤訳
- ヨーロッパ文化と日本文化 ルイス・フロイス 岡田章雄訳注
- 十八世紀ヨーロッパ監獄事情 ジョン・ハワード 川北稔・森本真美訳
- 東京に暮す —一九二八～一九三六— キャサリン・サンソム 大久保美春訳
- 幕末維新懐古談 高村光雲
- ミカド —日本の内なる力— W・E・グリフィス 亀井俊介訳
- 増補 幕末百話 篠田鉱造
- 徳川時代の宗教 R・N・ベラー 池田昭訳
- ツアンポー峡谷の謎 F・キングドン-ウォード 金子民雄訳

- 歴史序説 全四冊 イブン=ハルドゥーン 森本公誠訳
- アレクサンドロス大王東征記 全二冊 —付 インド誌— アッリアノス 大牟田章訳
- クック 太平洋探検 全六冊 増田義郎訳
- 高麗史日本伝 全二冊 —朝鮮正史日本伝2— 武田幸男編訳
- シエサ・デ・レオン インカ帝国地誌 増田義郎訳
- インカ皇統記 全四冊 インカ・ガルシラーソ・デ・ラ・ベーガ 牛島信明訳
- ローマ建国史 全三冊 リーウィウス 鈴木一州訳
- フランス・プロテスタントの反乱 —カミザール戦争の記録— カヴァリエ 二宮フサ訳
- ニコライの日記 全三冊 —ロシア人宣教師が生きた明治日本— 中村健之介編訳
- パリ・コミューン 全二冊 H・ルフェーヴル 河野健二・柴田朝子・西川長夫訳
- 徳川制度 全三冊 加藤貴校注
- 徳川制度 補遺 加藤貴校注
- 第二のデモクラテス —戦争の正当原因についての対話— セプールベダ 染田秀藤訳
- チベット仏教王伝 —ソンツェン・ガンポ物語— ソナム・ギェルツェン 今枝由郎監訳

《日本文学(古典)》〔黄〕

古事記　倉野憲司校注
日本書紀　全五冊　坂本太郎・家永三郎・井上光貞・大野晋校注
万葉集　全五冊　佐竹昭広・山田英雄・工藤力男・大谷雅夫・山崎福之校注
原文万葉集　全二冊　佐竹昭広・山田英雄・工藤力男・大谷雅夫・山崎福之校注
竹取物語　阪倉篤義校訂
伊勢物語　大津有一校注
玉造小町子壮衰書 —小野小町物語　杤尾武校注
古今和歌集　佐伯梅友校注
土左日記　紀貫之 鈴木知太郎校注
枕草子　池田亀鑑校訂
和泉式部日記　清水文雄校注
更級日記　西下経一校注
今昔物語集　全四冊　池上洵一編
三条西家本栄花物語　全三冊　三条西公正校訂
堤中納言物語　大槻修校注
新訂梁塵秘抄　後白河院撰 佐佐木信綱校訂

西行全歌集　久保田淳・吉野朋美校注
後撰和歌集　松田武夫校訂
古語拾遺　斎部広成撰 西宮一民校注
落窪物語　藤井貞和校注
新訂方丈記　市古貞次校注
新訂新古今和歌集　佐佐木信綱校訂
新訂徒然草　西尾実・安良岡康作校注
平家物語　全四冊　梶原正昭・山下宏明校注
水鏡　和田英松校訂
神皇正統記　北畠親房 岩佐正校注
宗長日記　島津忠夫校注
御伽草子　全二冊　市古貞次校注
わらんべ草　大蔵虎明 笹野堅校訂
東関紀行・海道記　玉井幸助校訂
太平記　全六冊　兵藤裕己校注
好色一代男　井原西鶴 横山重校訂
日本永代蔵　井原西鶴 東明雅校訂

武道伝来記　井原西鶴 前田金五郎・横山重校注
芭蕉紀行文集 付嵯峨日記　中村俊定校注
芭蕉おくのほそ道 付曾良旅日記・奥細道菅菰抄　萩原恭男校注
芭蕉俳句集　中村俊定校注
芭蕉文集　潁原退蔵編註
芭蕉俳文集　全二冊　堀切実編注
蕪村俳句集 付春風馬堤曲 他二篇　尾形仂校注
蕪村書簡集　大谷篤蔵・藤田真一校注
蕪村七部集　伊藤松宇校訂
蕪村文集　藤田真一編注
曾根崎心中・冥途の飛脚 他五篇　近松門左衛門 祐田善雄校注
国性爺合戦・鑓の権三重帷子　近松門左衛門 和田万吉校訂
東海道四谷怪談　鶴屋南北 河竹繁俊校訂
鶉衣　全二冊　横井也有 堀切実校注
近世畸人伝　伴蒿蹊 森銑三校註
玉くしげ・秘本玉くしげ　本居宣長 村岡典嗣校訂
新訂一茶俳句集　丸山一彦校注

増補 俳諧歳時記栞草 全二冊 曲亭馬琴編 藍亭青藍補 堀切実校注
近世物之本江戸作者部類 曲亭馬琴 徳田武校注
北越雪譜 鈴木牧之編撰 京山人百樹刪定 岡田武松校訂
東海道中膝栗毛 全二冊 十返舎一九 麻生磯次校注
日本外史 全三冊 頼山陽 頼成一 頼惟勤訳
百人一首一夕話 全二冊 尾崎雅嘉 古川久校訂
わらべうた —日本の伝承童謡 町田嘉章 浅野建二編
山家鳥虫歌 —近世諸国民謡集 浅野建二校注
誹諧 武玉川 全四冊 山澤英雄校訂
雑兵物語・おあむ物語 附 おきく物語 中村通夫 湯沢幸吉郎校訂
芭蕉臨終記 花屋日記 付 芭蕉翁終焉記・前後日記・行状記 小宮豊隆校訂
俳家奇人談・続俳家奇人談 竹内玄玄一 雲英末雄校注
砂払 —江戸小百科 全二冊 山中共古 中野三敏校訂
与話情浮名横櫛 切られ与三 瀬川如皐 河竹繁俊校訂
蕉門名家句選 全二冊 堀切実編注
耳囊 全三冊 根岸鎮衛 長谷川強校注
色道諸分 難波鉦 —遊女評判記 西水庵無底居士 中野三敏校注

弁天小僧・鳩の平右衛門 黙阿弥 河竹繁俊校訂
実録先代萩 黙阿弥 河竹繁俊校訂
嬉遊笑覧 全五冊 喜多村筠庭 長谷川強・江本裕 渡辺守邦・岡雅彦 花田富二夫・石川了校訂
井月句集 復本一郎編
江戸端唄集 倉田喜弘編

《日本思想》〔青〕

風姿花伝 (花伝書) 世阿弥 野上豊一郎 西尾実校訂
世阿弥 申楽談儀 表章校註
五輪書 宮本武蔵 渡辺一郎校注
広益国産考 大蔵永常 土屋喬雄校訂
葉隠 全三冊 山本常朝 和辻哲郎 古川哲史校訂
養生訓・和俗童子訓 貝原益軒 石川謙校訂
都鄙問答 石田梅岩 足立栗園校訂
二宮翁夜話 福住正兄筆記 佐々井信太郎校訂
新訂 日暮硯 笠谷和比古校注
蘭学事始 杉田玄白 緒方富雄校註
講孟余話 旧名講孟劄記 吉田松陰 広瀬豊校訂

吉田松陰書簡集 広瀬豊編
塵劫記 吉田光由 大矢真一校注
兵法家伝書 付 新陰流兵法目録事 柳生宗矩 渡辺一郎校注
南方録 西山松之助校注
人国記・新人国記 浅野建二校注
上宮聖徳法王帝説 東野治之校注
霊の真柱 平田篤胤 子安宣邦校注
世事見聞録 武陽隠士 本庄栄治郎校訂 奈良本辰也補訂
茶湯一会集・閑夜茶話 井伊直弼 戸田勝久校注
新訂 海舟座談 巌本善治編 勝部真長校注
西郷南洲遺訓 付 手抄言志録及遺文 山田済斎編
文明論之概略 福沢諭吉 松沢弘陽校注
新訂 福翁自伝 富田正文校訂
学問のすゝめ 福沢諭吉
日本道徳論 西村茂樹 吉田熊次校
新島襄の手紙 同志社編
新島襄 教育宗教論集 同志社編

- 近時政論考 — 陸羯南
- 日本の下層社会 — 横山源之助
- 中江兆民 三酔人経綸問答 — 桑原武夫・島田虔次 訳・校注
- 新訂 蹇蹇録 —日清戦争外交秘録 — 陸奥宗光 / 中塚明 校注
- 茶の本 — 岡倉覚三 / 村岡博 訳
- 新撰讃美歌 — 植村正久・奥野昌綱・松山高吉 編
- 武士道 — 新渡戸稲造 / 矢内原忠雄 訳
- 余はいかにしてキリスト信徒となりしか — 内村鑑三 / 鈴木範久 訳
- 代表的日本人 — 内村鑑三 / 鈴木範久 訳
- 後世への最大遺物・デンマルク国の話 — 内村鑑三
- 内村鑑三所感集 — 鈴木俊郎 編
- 求安録 — 内村鑑三
- 宗教座談 — 内村鑑三
- ヨブ記講演 — 内村鑑三
- 豊臣秀吉 全二冊 — 山路愛山
- 善の研究 — 西田幾多郎
- 西田幾多郎哲学論集 I —場所・私と汝 他六篇 — 上田閑照 編

- 西田幾多郎哲学論集 II —論理と生命 他四篇 — 上田閑照 編
- 西田幾多郎哲学論集 III —自覚について 他四篇 — 上田閑照 編
- 西田幾多郎随筆集 — 上田閑照 編
- 西田幾多郎歌集 — 上田薫 編
- 帝国主義 — 幸徳秋水 / 山泉進 校注
- 清沢満之集 — 安冨信哉 編 / 山本伸裕 校注
- 日本の労働運動 — 片山潜
- 明六雑誌 全三冊 — 山室信一・中野目徹 校注
- 吉野作造評論集 — 岡義武 編
- 貧乏物語 — 河上肇 / 大内兵衛 解題
- 河上肇評論集 — 杉原四郎 編
- 史記を語る — 宮崎市定
- 中国史 全二冊 — 宮崎市定
- 自叙伝・日本脱出記 — 大杉栄 / 飛鳥井雅道 校訂
- 大杉栄評論集 — 飛鳥井雅道 編
- 女工哀史 — 細井和喜蔵
- 寒村自伝 全二冊 — 荒畑寒村

- 谷中村滅亡史 — 荒畑寒村
- 遠野物語・山の人生 — 柳田国男
- 青年と学問 — 柳田国男
- 木綿以前の事 — 柳田国男
- こども風土記・母の手毬歌 — 柳田国男
- 不幸なる芸術・笑の本願 — 柳田国男
- 海上の道 — 柳田国男
- 蝸牛考 — 柳田国男
- 野草雑記・野鳥雑記 — 柳田国男
- 十二支考 全二冊 — 南方熊楠
- 特命全権大使 米欧回覧実記 全五冊 — 久米邦武 編 / 田中彰 校注
- 古寺巡礼 — 和辻哲郎
- 風土 —人間学的考察 — 和辻哲郎
- イタリア古寺巡礼 — 和辻哲郎
- 日本精神史研究 — 和辻哲郎
- 倫理学 全四冊 — 和辻哲郎
- 人間の学としての倫理学 — 和辻哲郎

日本倫理思想史 全四冊　和辻哲郎
時と永遠 他八篇　波多野精一
宗教哲学序論・宗教哲学　波多野精一
「いき」の構造 他二篇　九鬼周造
九鬼周造随筆集　菅野昭正編
偶然性の問題　九鬼周造
時間論 他二篇　九鬼周造／小浜善信編
人間と実存　九鬼周造
法窓夜話 全二冊　穂積陳重
田沼時代　辻善之助
パスカルにおける人間の研究　三木清
漱石詩注　吉川幸次郎
吉田松陰　徳富蘇峰
林達夫評論集　中川久定編
新版きけわだつみのこえ ―日本戦没学生の手記　日本戦没学生記念会編
新版第二集きけわだつみのこえ ―日本戦没学生の手記　日本戦没学生記念会編
君たちはどう生きるか　吉野源三郎

地震・憲兵・火事・巡査　山崎今朝弥／森長英三郎編
懐旧九十年　石黒忠悳
武家の女性　山川菊栄
わが住む村　山川菊栄
山川菊栄評論集　鈴木裕子編
おんな二代の記　山川菊栄
忘れられた日本人　宮本常一
家郷の訓　宮本常一
酒の肴・抱樽酒話　青木正児
新編歴史と人物　三浦周行／林屋辰三郎／朝尾直弘編
国家と宗教 ―ヨーロッパ精神史の研究　南原繁
石橋湛山評論集　松尾尊兊編
民藝四十年　柳宗悦
手仕事の日本　柳宗悦
工藝文化　柳宗悦
南無阿弥陀仏 付心偈　柳宗悦
柳宗悦 茶道論集　熊倉功夫編

新編美の法門　柳宗悦／水尾比呂志編
柳宗悦随筆集　水尾比呂志編
雨夜譚 ―渋沢栄一自伝　長幸男校注
日本の民家　今和次郎
長谷川如是閑評論集　飯田泰三／山領健二編
倫敦！倫敦？　長谷川如是閑
原爆の子 ―広島の少年少女のうったえ 全二冊　長田新編
清沢洌評論集　山本義彦編
幕末遣外使節物語 ―夷狄の国へ　尾佐竹猛／吉良芳恵校注
イスラーム文化 ―その根柢にあるもの　井筒俊彦
意識と本質 ―精神的東洋を索めて　井筒俊彦
被差別部落一千年史　高橋貞樹／沖浦和光校注
英国の近代文学　吉田健一
訳詩集葡萄酒の色　吉田健一訳
山びこ学校　無着成恭編
古琉球　伊波普猷／外間守善校訂
福沢諭吉の哲学 他六篇　丸山眞男／松沢弘陽編

政治の世界 他十篇　丸山眞男／松本礼二編注
超国家主義の論理と心理 他八篇　丸山眞男／古矢旬編
朝鮮民芸論集　浅川巧／高崎宗司編
娘巡礼記　高群逸枝／堀場清子校注
田中正造文集 全二冊　由井正臣／小松裕編
国語学原論 続篇　時枝誠記
定本 育児の百科 全三冊　松田道雄
ある老学徒の手記　鳥居龍蔵
大西祝選集 全三冊　小坂国継編
哲学の三つの伝統 他十二篇　野田又夫
信仰の遺産　岩下壮一
わたしの「女工哀史」　高井としを
中国近世史　内藤湖南
大隈重信演説談話集　早稲田大学編
通論考古学　濱田耕作

《別冊》

増補 フランス文学案内　渡辺一夫／鈴木力衛
増補 ドイツ文学案内　手塚富雄／神品芳夫
ことばの贈物 ―岩波文庫の名句365　岩波文庫編集部編
近代日本思想案内　鹿野政直
ポケットアンソロジー この愛のゆくえ　中村邦生編
スペイン文学案内　佐竹謙一

《日本文学(現代)》〔緑〕

怪談牡丹燈籠　三遊亭円朝
真景累ヶ淵　三遊亭円朝
塩原多助一代記　三遊亭円朝
小説神髄　坪内逍遥
当世書生気質　坪内逍遥
役の行者　坪内逍遥
桐一葉・沓手鳥孤城落月　坪内逍遥
ウィタ・セクスアリス　森鷗外
雁　森鷗外
阿部一族 他二篇　森鷗外
山椒大夫・高瀬舟 他四篇　森鷗外
渋江抽斎　森鷗外
舞姫・うたかたの記 他三篇　森鷗外
ファウスト 全二冊　森林太郎訳
みれん　シュニッツラー 森鷗外訳
うた日記　森鷗外

大塩平八郎・堺事件　森鷗外
鷗外随筆集　千葉俊二編
森鷗外椋鳥通信 全三冊　池内紀編注
浮雲　二葉亭四迷 十川信介校注
平凡 他六篇　二葉亭四迷
其面影　二葉亭四迷
今戸心中 他二篇　広津柳浪
河内屋・黒蜴蜓 他一篇　広津柳浪
野菊の墓 他四篇　伊藤左千夫
漱石文芸論集　磯田光一編
吾輩は猫である　夏目漱石
坊っちゃん　夏目漱石
草枕　夏目漱石
虞美人草　夏目漱石
三四郎　夏目漱石
それから　夏目漱石
門　夏目漱石

彼岸過迄　夏目漱石
行人　夏目漱石
こころ　夏目漱石
硝子戸の中　夏目漱石
道草　夏目漱石
明暗　夏目漱石
思い出す事など 他七篇　夏目漱石
文学評論 全二冊　夏目漱石
夢十夜 他二篇　夏目漱石
漱石文明論集　三好行雄編
倫敦塔・幻影の盾 他五篇　夏目漱石
漱石日記　平岡敏夫編
漱石書簡集　三好行雄編
漱石俳句集　坪内稔典編
漱石・子規往復書簡集　和田茂樹編
文学論 全二冊　夏目漱石
坑夫　夏目漱石

漱石紀行文集 藤井淑禎編
二百十日・野分 夏目漱石
五重塔 幸田露伴
運命 他一篇 幸田露伴
努力論 幸田露伴
幻談・観画談 他三篇 幸田露伴
連環記 他一篇 幸田露伴
天うつ浪 全二冊 幸田露伴
子規句集 高浜虚子選
病牀六尺 正岡子規
子規歌集 土屋文明編
墨汁一滴 正岡子規
仰臥漫録 正岡子規
歌よみに与ふる書 正岡子規
俳諧大要 正岡子規
獺祭書屋俳話・芭蕉雑談 正岡子規
金色夜叉 全二冊 尾崎紅葉

三人妻 尾崎紅葉
不如帰 徳冨蘆花
自然と人生 徳冨蘆花
謀叛論 他六篇・日記 徳冨健次郎 中野好夫編
武蔵野 国木田独歩
愛弟通信 国木田独歩
蒲団・一兵卒 田山花袋
温泉めぐり 田山花袋
藤村詩抄 島崎藤村自選
破戒 島崎藤村
春 島崎藤村
千曲川のスケッチ 島崎藤村
嵐 他二篇 島崎藤村
夜明け前 全四冊 島崎藤村
藤村文明論集 十川信介編
藤村随筆集 十川信介編
にごりえ・たけくらべ 樋口一葉

大つごもり・十三夜 他五篇 樋口一葉
高野聖・眉かくしの霊 泉鏡花
夜叉ケ池・天守物語 泉鏡花
草迷宮 泉鏡花
春昼・春昼後刻 泉鏡花
鏡花短篇集 川村二郎編
日本橋 泉鏡花
婦系図 全二冊 泉鏡花
外科室・海城発電 他五篇 泉鏡花
鏡花随筆集 吉田昌志編
化鳥・三尺角 他六篇 泉鏡花
鏡花紀行文集 田中励儀編
俳諧師・続俳諧師 高浜虚子
回想 子規・漱石 高浜虚子
泣菫詩抄 薄田泣菫
有明詩抄 蒲原有明
上田敏全訳詩集 山内義雄 矢野峰人編

岩波文庫の最新刊

与謝野晶子
私の生い立ち
学校、家族、遊び友だちのことなど、堺での幼少期の生活とその心情を素直に綴る。「私の見た少女」を併収。竹久夢二による挿画四一点を収録。(解説＝今野寿美)
〔緑三八-三〕 本体六四〇円

塚原渋柿園／菊池眞一編
幕末の江戸風俗
江戸の面影を伝える多くの随想、講演を残した塚原渋柿園(一八四八-一九一七)の随筆を精選する。幕末の武士、庶民の暮し、時代の変動が生き生きと描かれる。
〔緑二一三-一〕 本体九五〇円

川本皓嗣編
対訳 フロスト詩集
―アメリカ詩人選(4)―

二十世紀アメリカの「国民詩人」ロバート・フロスト。ニューイングランドの豊かな自然を舞台に、人生の複雑さを陰影をこめて語る三十六篇を、原文とともに味わう。

〔赤三四三-一〕 本体七八〇円

アンナ・ゼーガース／山下肇、新村浩訳
第七の十字架(下)
強制収容所から脱走したゲオルク。狂気と暴力、怯えと密告がはびこる社会で、いったい誰が信頼できるのか? ドイツ抵抗文学の代表的作品。(全二冊)(解説＝保坂一夫)
〔赤四七三-二〕 本体一〇七〇円

……今月の重版再開……

鹿野政直・香内信子編
与謝野晶子評論集
〔緑三八-二〕 本体八一〇円

尾佐竹猛／三谷太一郎校注
大津事件
―ロシア皇太子大津遭難―
〔青一八二-一〕 本体九七〇円

上島建吉編
対訳 コウルリッジ詩集
―イギリス詩人選(7)―
〔赤二二一-三〕 本体九〇〇円

パヴェーゼ／河島英昭訳
美しい夏
〔赤七一四-二〕 本体六〇〇円

岩波文庫の最新刊

篠田仙果作／松本常彦校注
鹿児島戦争記
—実録 西南戦争—
西南戦争の発端から西郷の死までの八カ月間を、日々の新聞報道を元にまとめ直した絵入り読み物。西郷らと官軍との対峙を、小林清親の絵とともに生きいきと伝える。〔緑一一六-一〕 本体四八〇円

佐藤秀明編
三島由紀夫紀行文集
三島由紀夫は、南北アメリカ、ヨーロッパ、アジア各国を旅行し、多くの紀行文を残した。『アポロの杯』を始めとする海外・国内の端整精緻なる紀行文を精選する。〔緑二一九-一〕 本体八五〇円

カルヴィーノ作／和田忠彦訳
魔法の庭・空を見上げる部族 他十四篇
速さ、透明性、具体性、簡潔性、軽さ——カルヴィーノ文学の特質すべてがここにある！ 一九四六〜五八年に書かれた、寓話的な初期短篇集。〔赤七〇九-七〕 本体七二〇円

柳井 滋・室伏信助・大朝雄二・鈴木日出男・藤井貞和・今西祐一郎校注
源氏物語(四)
玉鬘—真木柱
いかなる筋を尋ね来つらむ——数奇な運命に翻弄される夕顔の遺児玉鬘、だが彼女はそれ以上に男達の心を揺さぶる存在でもあった…。原文で読む源氏物語。（全九冊）〔黄一五-一三〕 本体一三八〇円

……今月の重版再開……

小川環樹、都留春雄、入谷仙介 選訳
王維詩集
本体七八〇円 〔赤三-一〕

水尾比呂志編
柳宗悦 民藝紀行
本体九〇〇円 〔青一六九-五〕

メルヴィル作／坂下 昇訳
ビリー・バッド
本体六六〇円 〔赤三〇八-四〕

青木枝朗訳
ヒュースケン 日本日記
—一八五五—一八六一—
本体九〇〇円 〔青四四九-一〕